Alexander S. Coburg

Erdfinsternis

Besuch vom Mond

Roman

Inhalt

Erster Tag

Die An- und Abflughalle ist verhältnismäßig klein. Umso mehr fallen die große Uhr und die rote Tür auf. Man könnte meinen, die große Uhr und die rote Tür kämpften um die Vorherrschaft. Dabei sind beide gleich wichtig, wenn es darum geht, ein bestimmtes Ereignis anzukündigen. Die einen starren auf die große Uhr, in der Erwartung, dass sich die rote Tür öffnet. Die anderen behalten die rote Tür im Auge, bis sie sich öffnet und blicken dann auf die große Uhr, um den Zeitpunkt der Öffnung abzulesen. Über sechzig Umdrehungen hat der rote Sekundenzeiger der großen Uhr inzwischen hinter sich, seit der Shuttle auf der Piste des Münchner Weltraumbahnhofs gelandet ist. Aber bei der roten Tür tut sich noch immer nichts.

Im Terminal ist die Innenbeleuchtung eingeschaltet. Bei schönem Wetter – wie an diesem sonnigen Tag im Mai – eher eine Seltenheit. Heute liegt es an der Verdunklung der rundum vorhandenen Glasfenster und -türen. Ein Heer von Medienvertretern und Schaulustigen, das draußen auf den Einlass hofft, versperrt der Sonne den Weg durch die Glasscheiben.

Das im Süden der bayerischen Landeshauptstadt gelegene Areal des Weltraumbahnhofs wurde früher von einer Forschungs- und Versuchsanstalt für Luft- und Raumfahrt genutzt. In der nur schwach besiedelten Provinz erinnert das Anwesen eher an einen wenig frequentierten Regionalflughafen als an einen Landeplatz für aus dem All zurückkehrende Flugkörper. Außer Terminal und Landebahn sind noch Tower, Hangar und Startrampe erwähnenswert.

Für die Öffentlichkeit ist die gesamte Anlage heute gesperrt. Auch für die Vertreter von Presse, Funk und Fernsehen. Und dennoch sind sie in Scharen gekommen. Mit Kameras und Mikrofonen ausgerüstet. In der Hoffnung, den Mann vom Mond vor die Linse zu bekommen. Die Schaulustigen haben sich – neben ihren digitalen Allzweckgeräten – sogar mit Feldstechern und Proviant eingedeckt. Schließlich will niemand dieses historische Ereignis verpassen.

Die vier im Terminal wartenden Männer gehören zur Security, wie die Aufschrift auf ihrem Rücken verrät. Die Schwarzgekleideten haben noch kein Wort miteinander gewechselt. Aber ihre Blicke wandern ständig zwischen der großen Uhr und der roten Tür hin und her.

Dann ist es soweit. Die rote Tür geht auf und der sehnsüchtig erwartete Mann vom Mond erscheint im Terminal. Ohne seinen Raumanzug, den er im Umkleideraum abgelegt hat. Der rote Sekundenzeiger der großen Uhr hat jetzt – seit der Shuttle-Landung – fast achtzig Umdrehungen hinter sich.

Draußen nimmt der Lärm zu. Die Leute johlen wie die Fans eines Popstars und hämmern unentwegt gegen die Glasscheiben. Doch der Einlass bleibt ihnen heute verwehrt.

Der Mann vom Mond mustert die vier Männer. Er will einen von ihnen ansprechen. Doch sofort bilden sie um ihn herum eine Eskorte, die ihn nach draußen geleitet. Und zwar durch eine Hintertür, die auf die Landebahn hinausführt. Sie müssen ihn stützen. Die lange Flugreise hat ihre Spuren hinterlassen. Hin und wieder bleibt er stehen, um tief ein- und auszuatmen. Der Chauffeur eines in der Nähe abgestellten Fahrzeugs öffnet dem Gast die Beifahrertür, lässt ihn einsteigen, nimmt dann selbst auf dem Fahrersitz Platz und gibt dem Wagen den Startbefehl. Die Security-Männer folgen mit Abstand in einem zweiten Fahrzeug.

„Entschuldigung, Herr Kepler!" Der Chauffeur stellt sich als touristischer Betreuer während seines irdischen Aufenthalts vor. „Wir mussten das machen, um Ihnen die Medienmeute vom Hals zu halten. Und natürlich auch das neugierige Volk. Viele glauben immer noch an die Grünen Männchen. Die können sich gar nicht vorstellen, dass ein auf dem Mond geborener Mensch auch nur ein Mensch aus Fleisch und Blut sein kann."

Sein Äußeres unterscheidet sich in der Tat nicht von seinen irdischen Artgenossen. Hautfarbe, Körpergröße, die blauen Augen und das blonde Haar lassen auf seine germanische Abstammung schließen. „Wofür sollen die Sicherheitskräfte gut sein?"

„Die haben wir einzig und allein zu Ihrem Schutz engagiert. Die werden Sie während Ihres gesamten Aufenthalts begleiten."

„Muss das sein?"

„Ich denke schon."

Kepler muss an die Worte seines Vaters denken, der ihn vor dem Hype der Massen gewarnt hat. „Also gut. Ich habe verstanden. Nur ging alles viel zu schnell. Ich hätte gern mehr frische Luft eingeatmet, die die Mondatmosphäre nicht bieten kann."

„So viel kann ich Ihnen versprechen. Unsere Luft werden Sie noch im Überfluss tanken können.“

Kepler ist gespannt auf den Zustand der Erde. Vom Mond aus sind Details nur schwer zu erkennen. Sein Großvater mochte das Leben auf der Erde nicht missen. Trotz mancher negativen Entwicklungen. Der Vater hingegen ist bis heute skeptisch. Meint, dass der Mensch in seiner unsäglichen Dummheit die Erde längst unwiederbringlich zerstört hat.

∗

Die Fahrzeuge stoppen vor dem Hotel in München. Der Chauffeur steigt aus, hilft seinem Passagier aus dem Auto und geleitet ihn in die Lobby. Dort wartet die Vorstandssekretärin Luna auf Kepler. Sie wird seine private Betreuerin während seines irdischen Aufenthalts sein. Wie man das auch immer interpretieren mag. Der Chauffeur verabschiedet sich für heute, während die Security-Leute, die er ab sofort als seine Schattenmänner bezeichnen wird, in einer Ecke der Empfangshalle Platz nehmen.

„Ich freue mich, Sie kennenzulernen, Herr Kepler.“ Luna reicht ihm die Hand.

„Ganz meinerseits.“ Er hält ihre Hand einen Moment lang fest. „Können wir nach draußen gehen?“

„Wenn Sie möchten? Gern.“

Die beiden verlassen die Lobby und bleiben vor dem Hotel stehen. Die Männer von der Security sind unterdessen aufgesprungen, um Ihnen zu folgen, halten dann aber inne, weil sie ihr Objekt fest im Blickfeld haben.

Kepler starrt Luna an, als stünde er selbst einer Außerirdischen gegenüber. Das bildhübsche Gesicht mit den braunen Augen und den halblangen schwarzen Haaren scheint ihn derart zu verzaubern, dass er den gut gewachsenen Körper zunächst nicht wahrnimmt. „Verzeihen Sie, wenn ich Ihnen zu nahe trete! Aber solch einer Schönheit bin ich auf dem Mond noch nicht begegnet. Ich bitte vielmals um Entschuldigung."

„Sie müssen sich nicht entschuldigen." Luna lächelt verlegen. „Aber deswegen wollten Sie doch nicht mit mir nach draußen gehen."

„Nein, nicht nur deswegen. Ich wollte auch ein bisschen frische Luft schnappen. Wissen Sie, bei uns auf dem Mond gibt es sowas nicht. Dort kann man sich nur mit Raumanzug im Freien aufhalten. Man gewöhnt sich zwar daran. Aber von dieser Luft hab ich immer geträumt. Das war auch der Grund, weshalb mein Großvater am Ende seiner Mondmission auf die Erde zurückgekehrt ist. Im Gegensatz zu meinem Vater."

„Heißt das, er ist dort geblieben?"

„Ja. Weil meine Mutter auch dort geblieben ist. Gezwungenermaßen. Vor vier Jahren ist sie während eines harmlosen Außeneinsatzes an Herzversagen gestorben. Nun ruht sie im ersten auf dem Mond angelegten Grab. Mein Vater, der nach vierzigjähriger Zugehörigkeit zum Mondbasisteam der am längsten dort lebende Bewohner ist, möchte später einmal neben ihr bestattet werden. Und was mich betrifft, bin ich, wie Sie ja wohl wissen, der erste auf dem Mond geborene Mensch überhaupt."

„Da hat Ihre Familie ja Geschichte geschrieben."

„Das kann man so sagen." Kepler atmet mehrmals tief ein und wieder aus. „Herrlich, diese Luft. Ich wünschte, man könnte sie in Metallbehälter füllen und nach oben verfrachten, um sie in der Mondatmosphäre auszusetzen."

Luna beobachtet ihn eine Weile. Seine Atemübungen erinnern sie an einen Fisch, der an Land gespült wurde und nun nach Luft ringt. „Ach, eh ich es vergesse. Ihr Gepäck ist vor einer guten Stunde hier im Hotel angekommen und auf Ihr Zimmer gebracht worden."

„Danke!" Kepler atmet wieder normal. „Ich sehe schon. Bei Ihnen bin ich in guten Händen."

„Nennen Sie mich einfach Luna. Den Namen verdanke ich meinem Chef. Als Vorstandsvorsitzender verantwortet er zugleich den Vorstandsbereich Raumfahrttechnologie und damit auch den deutschen Anteil am Mondprojekt."

„Luna, das ist gut. Das ist wirklich gut. Mich nennen alle nur Kepler."

„Einfach nur Kepler? Das ist auch gut."

*

Kepler wirft nur kurz einen Blick in sein Zimmer. Die gehobene Ausstattung lässt keine Wünsche offen. Wichtiger erscheint ihm im Moment, sich frisch zu machen und in Schale zu werfen. In Gesellschaft dieser Frau muss er eine gute Figur abgeben, wenn er sich nicht nur mit ihrer Begleitung abfinden, sondern sie für sich gewinnen will. Auf dem Mond hat er sich mit dieser Prozedur noch nie abgeben müssen. Frauen sind dort rar. Und die wenigen, die im Einsatz sind, sind für ihn schlichtweg zu alt. Er kann nur hoffen, dass seine Kleidung nicht zu antiquarisch wirkt. Immerhin ist es jetzt mehr als fünfzehn Jahre her, dass ihn der Großvater – dem Geschmack der damaligen Zeit entsprechend – mit irdischer Mode beglückt hat. Er überlegt nicht lange. Er zieht sich um und betrachtet sich im Spiegel. Mit seinem Outfit kann er – Modetrend hin oder her – insgesamt zufrieden sein. Gut gelaunt verlässt er das Zimmer.

Zwei der vier Schattenmänner folgen ihm.

Kurz darauf betritt er die Hotelbar.

Seine Bewacher bleiben zurück.

Luna erwartet ihn. Ihren Cocktail hat sie bereits probiert.

Er setzt sich zu ihr an den Tresen und bestellt ein Bier.

Der Barkeeper betätigt einen der Zapfhähne, füllt den Gerstensaft – mit einer ordentlichen Schaumkrone obenauf – in ein Glas und reicht es ihm.

Die beiden stoßen miteinander an.

Er nimmt einen kräftigen Schluck. „Das Bier schmeckt, wie es mein Großvater beschrieben hat. Überhaupt hat er von diesem Bayern geschwärmt, als wär es das gelobte Land. Und wenn sich die ganze Welt verändert, hat er immer gesagt. Die Bayern werden ihre Traditionen bewahren. Daran wird auch der technische Fortschritt nichts ändern. Wie recht er hatte."

„Ein weiser Mann, Ihr Großvater."

„O ja. Das war er wirklich. Die Bayern bleiben sich treu, hat er immer gesagt. Egal, ob sie ihre Feste feiern wie Oktoberfest, Kirchweih oder Maibaumfest. Ob es um ihre Trachten geht wie Lederhose, Hut mit Gamsbart oder

Dirndl. Ob Biergarten, Blasmusik, Schuhplattler oder Schnupftabak angesagt sind. Oder ob von Presssack, Weißwurst, Schweinsbraten, Wammerl, Fleischpflanzerl, Radi oder Brezel die Rede ist. Nichts ist ihnen so heilig wie ihre Traditionen. Selbst beim Poltern und Granteln während der Debatten im Maximilianeum bleiben sie sich treu."

„Schauen Sie sich doch nur das Hotel an." Luna zeigt auf Fotos an der Wand. „Das ist doch das beste Beispiel. Hier wurde Altes mit Neuem in Einklang gebracht. Man wohnt in historisch restauriertem Ambiente mit zeitgemäßem Komfort."

„In Bayern sprach man ja schon vor hundert Jahren von Laptop und Lederhose."

Luna zeigt sich überrascht, wie gut Kepler informiert ist.

Der betrachtet die Fotos etwas genauer und möchte wissen, wie alt das Hotel ist.

Sie erzählt ihm, dass es bereits seit dem Mittelalter wie ein Magnet Gäste aus nah und fern anzog. Dass es im Zweiten Weltkrieg aber total zerstört wurde und deshalb abgerissen werden musste. Dass der Wiederaufbau erst Jahre nach dem Krieg erfolgte, seitdem aber wieder Hochbetrieb herrscht. Natürlich auch wegen der exzellenten Lage am Eingang zur Altstadt.

„Da kann man nur hoffen, dass der Service so gut ist wie das ganze Drumherum."

„Das ist er. Hier wird man noch persönlich angesprochen. Die Welt der Digitalisierung spielt sich eher unauffällig im Hintergrund ab."

„Wie das?"

„Nehmen wir nur mal die Sonderwünsche der Gäste. Zum Beispiel, wenn es um das Buchen von Stadtrundfahrten, von Ausflügen zu den bayerischen Seen oder von Museums-, Theater- und Konzertbesuchen geht. Hier werden Sie noch persönlich beraten. In den meisten Hotels von heute müssen Sie sich mit der Bedienung eines Automaten herumschlagen, bevor Fahrkarten oder Eintrittskarten ausgespuckt werden. Bei Ihnen entfällt das alles, weil Sie unser Ehrengast sind. Doch die anderen sind für den Service hier dankbar."

„Ich verstehe. Aber vergessen wir mal das Hotel. Ich wüsste gern mehr über Sie."

„Über mich?"

„Sie begleiten mich jetzt zwei Wochen lang. Da liegt es doch nahe, etwas mehr über seine Glücksfee zu erfahren."

Luna lächelt verlegen. „Hoffentlich kann ich Ihren Erwartungen gerecht werden."

„Ich denke schon."

„Und wo soll ich anfangen?"

„Erzählen Sie einfach aus Ihrem Leben." Kepler leert sein Glas und bestellt noch ein Bier.

Der Mann hinter der Theke erfüllt seinen Wunsch.

Kepler nimmt erneut einen kräftigen Schluck.

Luna erzählt, dass sie siebenundzwanzig Jahre alt und Sekretärin des Vorstandsvorsitzenden ist, aber auch den anderen Vorstandsmitgliedern zur Verfügung steht. Dass die alten Hierarchien mit den Sonderprivilegien des Topmanagements längst abgeschafft worden sind. Dass sie fließend Englisch, Französisch, Spanisch und Russisch spricht, sich aber auch auf Mandarin und Arabisch verständigen kann. Und dass sie nichts von all dem Emanzipationsgefasel und erst recht nichts von Frauenquoten hält, sondern ausschließlich auf Leistungsorientierung setzt.

Kepler ist fasziniert von dieser Frau, die sich betont weiblich gibt, aber mit ihrem attraktiven Äußeren, dem sympathischen Wesen, der angenehmen Stimme und dem sicheren Auftreten wie ein Leuchtfeuer inmitten der gewaltigen Automatisierungs- und Digitalisierungsflut wirkt.

Was ihr Privatleben betrifft, verrät sie ihm, dass sie noch ledig ist und ihre Eltern schon früh bei einem Flugzeugabsturz verloren hat. Weshalb sie einen Flieger stets mit gemischten Gefühlen besteigt. Dass sie an Gott glaubt, aber nicht an die Religionen. Dass sie eine überzeugte Demokratin und Europäerin ist, aber keiner politischen Partei angehört. Und dass sie sich stattdessen einer Bürgerinitiative angeschlossen hat, die für noch mehr Umweltbewusstsein eintritt. „Jetzt hab ich mein Leben wie einen bunten Teppich vor Ihnen ausgebreitet. Wie wär's, wenn Sie Ihrerseits einen Beitrag zum gegenseitigen Kennenlernen leisten würden." Luna leert ihr Glas und bestellt noch einen Cocktail.

Der Barkeeper mixt das gleiche Getränk und reicht es ihr.

Kepler und Luna stoßen miteinander an.

Er erzählt ihr, dass er demnächst vierzig Jahre alt wird. Dass sein Vater Ingenieur ist und die Mutter Biologin war. Dass seine Geburt unter Mithilfe einer Ärztin stattfand, die zur Behandlung erkrankter Mondbewohner auf den Erdtrabanten beordert worden war. Dass er als Kind mit

Mondgestein spielte, das ein Geologe in seiner Gesteinssammlung entbehren konnte. Dass er im schulpflichtigen Alter zunächst von seiner Mutter unterrichtet wurde, die ihm Lesen, Schreiben und Rechnen beibrachte. Dass ihn später ein pensionierter Ingenieur Mathematik, Physik und Informatik lehrte, während ihn ein deutschstämmiger Amerikaner mit Geschichte, Geografie und Englisch vertraut machte. Dass er ein Ingenieurstudium mit Schwerpunkt Raumfahrttechnologie absolvieren konnte, nachdem die erste Internationale Technische Hochschule auf dem Mond eingerichtet worden war. Und dass er schließlich nach bestandenem Examen als Ingenieur in das Mondbesiedlungsprojekt integriert wurde. Und zwar im Auftrag der Firma, in der sie beide heute tätig sind und in der schon seine Ahnen bis zurück zum Ururgroßvater beschäftigt waren.

„Sehn Sie? Jetzt wissen wir beide, mit wem wir es zu tun haben." Luna lächelt. „Was halten Sie von einer Einladung heute Abend bei mir zuhause. Ich gebe eine seit langem geplante Party. Dort können Sie einige Mitglieder unserer Bürgerinitiative kennenlernen. Wenn die hören, dass bei mir der Mann vom Mond aufkreuzt, flippen die völlig aus."

„Das will ich doch nicht hoffen. Ich bin schon froh, dass man mir die Mediengeier und das Heer der Gaffer vom Hals gehalten hat."

„So schlimm wird es nicht werden. Dafür sorge ich schon. Sie würden mir eine große Freude bereiten. Na, was meinen Sie? Werden Sie kommen?"

„Warum eigentlich nicht."

„Das ist doch ein Wort." Luna gibt Kepler einen Kuss auf die Wange. „Ich schicke Ihnen ein Taxi. Sagen wir, um acht?"

„Abgemacht. Um acht. In der Aufmachung werden mich die Leute hoffentlich nicht auslachen."

„Ganz bestimmt nicht. So haben sie wenigstens etwas, das sie mit der anderen Welt in Verbindung bringen können."

Die beiden stoßen noch einmal miteinander an und leeren ihre Gläser.

*

Das Taxi stoppt vor dem Mehrfamilienhaus, in dem Luna wohnt. Es ist ein altes Haus, das unter Denkmalschutz steht. Das dreistöckige Gebäude hinterlässt mitsamt der Gartenanlage einen gepflegten Eindruck. Kepler steigt aus – in der Hand einen Blumenstrauß, den das Hotel besorgt hat – und klingelt an der Haustür. Das Taxi entfernt sich. Der Wagen mit den Schattenmännern trifft vor dem Haus ein.

Luna öffnet und empfängt Kepler an der Wohnungstür in der ersten Etage. Sie gibt ihm einen Kuss auf die Wange, bedankt sich für die Blumen und bittet ihn herein.

Bei einem Rundgang durch die Wohnung fällt ihm auf, dass die Ausstattung zwar zeitgemäß ist, aber auf Gemütlichkeit Wert gelegt wurde. Hydrokulturen ergänzen das geschmackvolle Mobiliar.

„Sehen Sie sich nur um." Luna scheint Keplers Gedanken lesen zu können. „Intelligente Haustechnik werden Sie bei mir nicht finden. Nicht, weil ich konservativ bin, sondern weil die Systeme viel zu anfällig sind. Nichts ist mehr hundertprozentig sicher. Das Türschloss nicht. Die Videokamera nicht. Die digitalen Geräte nicht. Selbst Klimatisierung und Beleuchtung nicht. Sicherheitslücken sorgen immer wieder für Ärger."

Kepler erinnert sich an die Aussage seines Großvaters, dass Deutschland, ja ganz Europa in den sechziger und siebziger Jahren des 21. Jahrhunderts viel sicherer geworden ist. Doch dass nun – im Jahr 2089 – genau das Gegenteil der Fall ist, überrascht ihn schon.

„Vor allem die Anzahl der Wohnungseinbrüche ist gestiegen. Und das hat nicht nur mit den Flüchtlingen zu tun, wie gern behauptet wird." Luna zeigt ihre neueste Errungenschaft. „Die Alarmanlage hab ich mir erst kürzlich einbauen lassen. Im Haus wurde im letzten Jahr dreimal eingebrochen. Obwohl in jeder der betroffenen Wohnungen ein Hund gehalten wird. Das Problem ist nur, dass die kleinen Köter zwar kläffen, aber eher aus Angst. Jetzt hoffe ich, dass bei der geringsten Gewalteinwirkung auf die Wohnungstür oder eines der Fenster die Sirene losheult."

Es klingelt. Luna öffnet zuerst die Haus- und dann die Wohnungstür.

Die Mitglieder der Bürgerinitiative erscheinen als geschlossene Gesellschaft. Die einen haben für vegetarischen Imbiss, die anderen für alkoholfreien Umtrunk gesorgt.

Die Hausherrin stellt alle mit Namen vor.

Die kann sich Kepler natürlich nicht alle merken, weiß sie aber für sich zu charakterisieren, um sie auseinanderhalten zu können. Die meisten passen zu Luna. Einige hingegen fallen aus dem Raster. Sei es rein äußerlich wie ein Kalorienfreund oder ein Kalorienfeind. Sei es von der Art her wie ein Wortsparer oder ein Wortverschwender. Oder sei es aus sonstigen Gründen wie die beiden Geschlechtsabweichler.

Dann stellt Luna Kepler vor.

Niemand sagt etwas. Alle starren ihn nur an, als wäre er tatsächlich eines dieser grünen Männchen. Warum zum Teufel glotzen die so? Er ist doch kein Alien. Oder liegt es an seiner altmodischen Kleidung, wie er befürchtet hat? Mit Rücksicht auf seine Gastgeberin verkneift er sich jegliche Bemerkung.

Dafür ergreift Luna das Wort. „Wie ihr seht, ist der Mann vom Mond nichts anderes als ein Mensch aus Fleisch und Blut. So wie jeder von euch. Wenn ich euch enttäuscht habe, tut es mir leid.“

Es folgt betretenes Schweigen, ehe sich einige der Sprachlosen auf ihre Fragen besinnen, die sie schon immer mal stellen wollten. Wo und wie wohnt man da oben? Woher kommen die Energien wie Strom und Wasser? Wie ernährt man sich in dieser feindlichen Umgebung? Welche Arbeiten werden ausgeübt? Wie ist es um Infrastruktur und Mobilität bestellt? Gibt es lokale Aus- und Weiterbildungsmöglichkeiten? Und wie verbringt man seine Freizeit?

Kepler steht Rede und Antwort. Die Anwesenden erfahren, dass die aus Wohn- und Arbeitsmodulen bestehende Mondbasis unterirdisch in einem Krater am Südpol errichtet wurde. Erstens, um der oberirdisch drohenden Strahlung und möglichen Einschlägen von Meteoriten aus dem Weg zu gehen. Zweitens, um die vor Ort ständig scheinende Sonne zur Stromerzeugung zu nutzen. Und drittens, um aus dem nur dort vorhandenen Eis Wasser zu gewinnen. Dass die Ernährung teils mit von der Erde stammenden Lebensmitteln, teils mit auf dem Mond angebauten Nutzpflanzen und gezüchteten Kleintieren wie Hühnern und Kaninchen gesichert ist. Dass Ingenieure für den weiteren Ausbau von Infrastruktur und Mobilität sorgen. Dass Chemiker den Abbau von Rohstoffen aus dem Mondgestein vorantreiben. Und dass Astronomen für die Errichtung und Wartung von Photovoltaik- und Radioteleskopanlagen zur Energieversorgung und Erforschung des Alls zuständig sind. Dass ein von allen beteiligten Staaten genutztes Bildungssystem existiert, das von der Grundschule bis zum Studienabschluss reicht. Und dass verschiedene Einrichtungen für die Freizeitgestaltung wie Bibliothek, Videothek, Mediathek, Billardzimmer, Schachsalon, Computerraum, Spielothek und Fitnessstudio zur Verfügung stehen.

„Na, konnte eure Neugier befriedigt werden?" Luna schaut in die nickende Runde. „Jetzt hätte ich noch eine Frage an unseren Ehrengast." Sie schaut Kepler an. „Was ist das für ein Gefühl, wenn man vom Mond zur Erde fliegt? Das muss doch ein atemberaubendes Flugerlebnis sein."

„Na ja, mir war zunächst mal etwas mulmig zumute. Das komplizierte Reiseprocedere kannte ich nur vom Hörensagen. Man fliegt zunächst mit der Mondfähre vom Mond zur Raumstation im Mond-Orbit, von dort weiter mit dem Transit-Raumschiff zur Raumstation im Erd-Orbit und von dort schließlich mit dem Shuttle zur Erde.

Das ist die reinste Ochsentour. Aber man wird für vieles entschädigt. Je näher man dem Blauen Planeten mit dem Shuttle kommt, desto grandioser ist der Anblick der immer größer werdenden Kugel."

„Ist die Erde denn vom Mond aus zu sehen?" will einer wissen.

„Ja. Die Erde leuchtet als blauer Planet. Sie erscheint fast viermal größer als der Mond aus irdischer Sicht. Auf dem Mond geht die Erde nie auf und unter. Aber sie dreht sich. Man kann sie wie einen beleuchteten Globus rundum betrachten. Und sie durchläuft – vom Mond aus gesehen – die gleichen Phasen wie der Mond von der Erde aus. Sie wechselt von der Sichel zur Kugel und nimmt danach wieder ab."

„Sieht man eigentlich die Chinesische Mauer?" erkundigt sich ein zweiter.

„Spezialkameras erkennen sie. Das menschliche Auge nicht. Auch wenn das manche Leute hartnäckig behaupten."

„Und wie sieht es mit dem Klimawandel aus?" fragt ein Dritter. „Ist der eigentlich erkennbar?"

„Vom Mond aus nicht. Aber von der im Erd-Orbit kreisenden Raumstation aus. Und natürlich, wenn man aus dem Shuttle blickt. Vor allem sind Sturmtiefs, Flächenbrände und Überschwemmungen deutlich zu erkennen." Kepler schaut sich um, ob es noch weitere Fragen gibt. Die einen schweigen, die anderen schütteln den Kopf. Dann stellt er selbst noch eine Frage. „Weshalb essen eigentlich alle vegetarisch, wo doch gerade die bayerische Küche so viele Schmankerl anbietet?"

Luna scheint die Frage zu amüsieren, ehe sie stellvertretend für alle antwortet. „Bei unseren Treffen essen wir immer vegetarisch. Auch wenn die meisten unter uns nicht nur Pflanzenfresser sind. Uns stört einfach die Art des Fleischverzehrs." Luna hat jetzt eine Lawine losgetreten.

Mit einem Male geraten alle Anwesenden in Rage. Regen sich über das Umweltbewusstsein der Verbraucher auf, das sich in den letzten hundert Jahren kaum geändert hat. Schimpfen über die Geschmacksbanausen, die, statt die regionalen Fleischerzeuger wie Landwirte und Metzger zu unterstützen, nach wie vor verpackte Billigware im Lebensmittelhandel bevorzugen, ohne sich über die zum Teil dubiose Herkunft der Fließbandprodukte Gedanken zu machen. Stellen die Fast-Food-Industrie an den Pranger, deren Fertiggerichte – bestehend aus genmanipuliertem Gemüse und chemisch haltbar gemachtem Fleisch – auf Dauer gesundheitliche Schäden verursachen. Und spotten über die Kostverächter, die selbst mit dem 3D-Drucker erzeugte Lebensmittel nicht verschmähen würden.

Kepler ist vom Engagement der Gruppe beeindruckt. Und ihm wird bewusst, mit welchen Problemen der Blaue Planet – neben vielen anderen – zu kämpfen hat.

Luna ist bemüht, ihm weitere Diskussionen über die irdischen Befindlichkeiten zu ersparen. Sie wechselt das Thema. „Kepler, was werden Sie in den kommenden zwei Wochen am meisten genießen?"

„Das Zusammensein mit Ihnen."

Luna lächelt verlegen. „Jetzt mal im Ernst."

„Auf jeden Fall Dinge, die ich auf dem Mond vermisse. Ich werde mich auf einer Wiese ins Gras legen, Blumen für

Sie pflücken, durch einen Wald spazieren und an der Rinde von Bäumen riechen. Ich werde versuchen, mich mit einem Fahrrad fortzubewegen. Ich werde mich im Wasser vergnügen. Ich werde alle möglichen Tiere beobachten. Ich werde regionale Speisen und Getränke probieren. Und ich werde einfach nur die frische Luft inhalieren.“

„Und dabei Lunas Anwesenheit zu schätzen wissen.“ Der Mann im Hintergrund hat sich bis jetzt unauffällig verhalten. „Bleibt Ihnen nur zu wünschen, dass Sie beide ungestört bleiben. Ich denke da vor allem an die vier Gorillas, die unten Wache schieben.“

„Da mach dir mal keinen Kopf drum.“ Luna lacht und schaut Kepler an.

Der lacht ebenfalls, zieht es aber vor, zu schweigen.

Zweiter Tag

Die Zentrale des Raumfahrttechnologiekonzerns fällt deutlich aus dem Rahmen. Außen die Fassade, auf der das Transportsystem zwischen Erde und Mond abgebildet ist: Shuttle, Raumstation im Erd-Orbit, Transit-Raumschiff, Raumstation im Mond-Orbit, Mondfähre. Innen die Sicherheitsschleuse, die Unbefugten das Betreten des Gebäudes aus Gründen der besonderen Geheimhaltung verwehren soll: Schutzwürdige Projekte wie Mondbesiedlung, Mars-Expeditionen, Asteroiden-Erkundungen.

Kepler – stets im Blickfeld seiner Schattenmänner – benötigt eine Weile, bis er das Sperrsystem überwinden kann. Als Mondbewohner besitzt er keinen eingepflanzten Chip. Folglich können seine persönlichen Daten nicht ausgelesen werden. Abhilfe schafft eine Sondererlaubnis, die ihm Luna besorgt hat. Die erspart ihm aber nicht die Eingabe weiterer Informationen. Und weil er sich damit schwertut, nimmt er die Hilfe des Chauffeurs in Anspruch. Erst dann kann er die Eingangshalle endlich betreten.

Begrüßt wird er zuerst vom Vorstandsvorsitzenden, der ihm freundlich die Hand reicht und ihn willkommen heißt. Danach von seinem Vater, der auf einem großen Bildschirm erscheint und ihm vom Mond aus viel Glück auf der Erde wünscht. Damit hat er nicht gerechnet. Sichtlich gerührt, aber sprachlos winkt er zurück. Der Zustand des Vaters bereitet ihm schon seit längerem große Sorgen. Seit dem unerwarteten Tod der Mutter hat sich sein Alterungsprozess spürbar beschleunigt, hat das Leid, das er so früh erfahren musste, deutliche Spuren in seinem Gesicht hinterlassen.

Mit dem Lift geht es in die zweite Etage. Kepler und der Vorstandsvorsitzende betreten den großen Sitzungssaal, wo sie mit Beifall seitens der Belegschaft empfangen werden. Sie gehen – an den besetzten Sitzreihen vorbei – die Stufen hinunter. Den Blick auf die Mitarbeiter gerichtet, bleiben sie vor dem Podium stehen. Hinter diesem – an der fensterlosen Rückwand – ist eine riesige Leinwand angebracht. Die Glasfronten links und rechts sind mit Rollläden ausgestattet. Bei einfallendem Tageslicht oder eingeschalteter Innenbeleuchtung erinnert der Raum an den Plenarsaal eines Stadtstaats oder an den Hörsaal einer Universität, bei verdunkelten Fenstern an ein kleines Kino.

Der Vorstandsvorsitzende stellt Kepler vor. Er erklärt, dass dieser als erster auf dem Mond geborener Mensch vor allem durch seine herausragenden Ingenieurleistungen beim international besetzten Mondbasisteam große Anerkennung erworben hat und somit ein würdiger Repräsentant der Firma ist.

Erneut brandet Beifall auf.

Er fährt fort, dass sie ja alle in den letzten Wochen und Monaten die Berichterstattung über den Fortschritt des Mondprojekts aufmerksam verfolgt haben. Und dass sie heute in einer Live-Übertragung direkt vom Mond Aufnahmen gezeigt bekommen, wie sie in dieser Dimension auf der Erde noch nie zu sehen waren.

Der Beifall wird lauter.

Ergänzend fügt er noch hinzu, dass im Anschluss an die Filmvorführung Fragen gestellt werden können, die der Gast vom Mond – soweit möglich – beantworten wird.

Kepler und der Vorstandsvorsitzende nehmen in der ersten Sitzreihe Platz. Die Rollläden an den Fenstern fahren herunter. Der Vorspann des Films erscheint auf der Leinwand. Dann folgen die Originalaufnahmen.

Gezeigt werden die ersten Astronauten seit Armstrong, Aldrin und den anderen Mondbesuchern des vorigen Jahrhunderts, wie sie in ihren Raumanzügen die Mondfähre verlassen, die ersten Schritte auf dem Erdtrabanten unternehmen und nach und nach die Mondoberfläche erkunden. Zu sehen sind die ersten Bauarbeiten: Untertunnelung des staubigen Mondbodens sowie Einbeziehung von natürlichen Höhlen. Phasenweise Entstehung von Wohn- und Arbeitsmodulen. Aufbau von Photovoltaik- und Radioteleskopanlagen zur Energieversorgung und Erforschung des Weltalls. Ermöglicht werden Einblicke in möblierte Wohnmodule nach dem Einzug der ersten Siedler und in technisch ausgerüstete Arbeitsmodule mit Bedienung der ersten Maschinen. Zu erleben sind Großereignisse: Die erstmalige Verfügbarkeit von Strom und Wasser in einem Wohnmodul. Das erste in einem Treibhaus geerntete Obst und Gemüse. Die ersten aus Hühnereiern schlüpfenden Küken sowie der erste Kaninchennachwuchs. Die ersten auf dem Mond gefertigten Montageteile. Die ersten Schüler und Studenten im Unterricht. Die erste Billardpartie und das erste Training im Fitnessstudio. Keplers Geburt, die Bestattung seiner Mutter und das 40jährige Jubiläum seines Vaters. Zu beobachten sind – neben Mondbewohnern aus aller Herren Länder – Kepler, sein Vater und sein Großvater bei der Arbeit. Und genossen werden kann ein Flug mit dem Shuttle zur Erde. Samt dem grandiosen Blick auf den sich nähernden Blauen Planeten.

Anhaltender Beifall unterstreicht die Begeisterung, mit der die Mitarbeiter an dem Geschehen auf der Leinwand teilgenommen haben. Und Kepler kann sich durchaus vorstellen, dass so mancher unter den Anwesenden mehr denn je vom Flug auf den Mond träumen wird. Fragen zum Film werden nur wenige gestellt. Einige kann er – wie schon auf Lunas Party – zufriedenstellend beantworten. Für andere ist er fachlich nicht kompetent genug. Abschließend bitten ihn einige Kollegen noch um ein Autogramm. Andere hegen den Wunsch nach einem Erinnerungsfoto.

*

Wenn Kepler schon mal auf der Erde weilt und dabei seiner Firma einen Besuch abstattet, möchte er sich wenigstens die Zentrale etwas näher ansehen. Der Vorstandsvorsitzende erfüllt ihm diesen Wunsch und begleitet ihn persönlich durch das Gebäude. Der etwa Fünfzigjährige fällt allein schon durch seine Größe auf. Mit etwas über zwei Meter wäre er für jede Art von Raumfahrzeug völlig ungeeignet. Aber als Topmanager stellt er etwas dar.

Die Sicherheitsschleuse kennt Kepler bereits. Auch den großen Sitzungssaal. Er erfährt, dass dieser Raum so etwas wie das Herz des Unternehmens ist. Hier tagen in turnusmäßigen Sitzungen der Vorstand, der Aufsichtsrat, der Gesamtbetriebsrat, die Qualitätskontrolle, der Werksschutz, die Betriebsärzte und die einzelnen Projektteams. In weiteren Räumen trifft er auf all die Abteilungen, die zentral agieren, also neben der Hauptverwaltung auch die einzelnen Werke betreuen. Ferner wirft er einen Blick in frühere Einzelbüros, die heute als Raucherzimmer oder Fitnessraum genutzt werden. In einem dieser Zimmer wird sein Großvater über manchen Ideen gebrütet haben, die später verwirklicht wurden. Allzu oft wird er aber nicht hier gewesen sein. Die meiste Zeit seines Berufslebens war er unterwegs, half bei der Realisierung von Projekten vor Ort wie zum Beispiel auf dem Mond. Ähnlich erging es seinem Vater, der wegen seiner überwiegenden Außendiensttätigkeit nur selten anzutreffen war. Und wenn, dann hielt er sich im neu geschaffenen Großraumbüro auf. Heute sitzt kaum noch jemand in diesem Raum. Seit der zunehmenden Heimarbeit bleiben viele Schreibtische unbesetzt. Nur Teamarbeit erfordert phasenweise Anwesenheit.

Der Rundgang endet im Büro des Vorstandsvorsitzenden, von dessen Schlichtheit Kepler überrascht ist. Oder auch nicht. Denn so präsidial er kraft seines Amtes auch auftreten mag, so bescheiden gibt er sich im Umgang mit seinen Mitarbeitern.

„Ich muss mich entschuldigen. Die leider zu früh angesetzte Filmvorführung ließ für eine standesgemäße Begrüßung keine Zeit. Das möchte ich jetzt nachholen. Lassen Sie uns auf Ihren Besuch anstoßen. Einen Gast wie Sie in unserem Hause willkommen zu heißen, erlebt man ja nicht alle Tage." Der Vorstandsvorsitzende holt eine Flasche Cognac und zwei Gläser aus einem Schrank, schenkt großzügig ein und stößt mit Kepler an. „Auf Ihr Wohl! Ihre

Arbeit auf unserem Erdtrabanten ist für die Firma von unschätzbarem Wert. Dafür möchte ich Ihnen im Namen aller Mitarbeiter danken."

Beide trinken einen Schluck.

Kepler steckt seine Nase in das Glas. „Schmeckt nicht nur vorzüglich, sondern riecht auch gut. Sowas gibt es auf dem Mond natürlich nicht." Er lacht.

Es klopft an die aus dem Nebenzimmer führende Tür. Luna betritt den Raum.

„Das trifft sich gut. Die gute Seele unseres Vorstands kennen Sie ja bereits. Luna, begleiten Sie doch unseren Gast ins Casino. Nicht, dass er vor lauter Rundgängen noch vom Fleisch fällt. Aber das Rechenzentrum und den Fuhrpark sollte er sich danach schon noch anschauen."

„Wenn ich auch einen Blick ins Firmenarchiv werfen dürfte?"

„Ich bitte Sie. Das ist doch selbstverständlich."

„Vielleicht finde ich etwas über meine Ahnen. Seit meinem Ururgroßvater waren alle langjährige Mitarbeiter in der Firma."

„Da kann ich nur gratulieren. Das spricht ja auch für unser Unternehmen. Luna wird Sie überall hinführen."

Kepler bedankt sich.

Luna reicht ihm die Hand und blickt ihm lange in die Augen.

Kepler glaubt, Freude aus ihrem Gesicht ablesen zu können.

Die beiden Männer stoßen noch einmal an und leeren ihre Gläser.

„Also bis heute Abend in der Residenz." Der Vorstandsvorsitzende verabschiedet sich von Kepler. „Der große Augenblick steht Ihnen ja noch bevor."

Luna ergreift Keplers Hand und verschwindet mit ihm im Nebenzimmer. Dort drückt sie ihm einen Kuss auf die Wange. „Hier ist mein Büro."

Kepler ist ein wenig verunsichert. Das ist nun schon das dritte Mal, dass sie ihn geküsst hat. Aber den Mut, mit ihr anzubandeln, bringt er vorerst nicht auf. Er möchte noch ein wenig warten. Stattdessen sieht er sich in ihrem Büro um. Der von der Form her futuristisch wirkende Schreibtisch ist höhenverstellbar. Man kann sowohl im Sitzen als auch im Stehen daran arbeiten. Persönliche Dinge verwahrt sie in einem Rollwagen, der sich unter der Tischplatte befindet. Auf dem Schreibtisch breiten sich informationstechnische Geräte und eine Weltzeituhr aus. Als er ein ihm fremdes mobiles Gerät in die Hand nimmt, erklärt ihm Luna, dass man mit diesem Wunderding so ziemlich alles machen kann: Außer telefonieren, im Internet surfen, chatten, Emails versenden und fotografieren auch filmen, schmerzende Körperpartien scannen, einen selbstfahrenden Mietwagen an Ort und Stelle lotsen, im Verkehr navigieren, im Büro die Beleuchtungs- und Klimatechnik steuern, Daten vom Zentralrechner des Unternehmens abrufen, ein tägliches Bewegungsprofil erstellen, aus dem Schlaf wecken und vor Gefahrensituationen warnen. Kepler ist beeindruckt.

Luna drängt ihn, das Casino aufzusuchen, bevor es schließt. „Heute gibt es Schweinsbraten mit Knödeln. Ist sehr zu empfehlen. Normalerweise essen alle Mitarbeiter in der Kantine. Auch die Vorstandsmitglieder. Das Casino wird nur mit Kunden und VIPs besucht. Dort geht es ein wenig gehobener zu."

„Hoffentlich nicht zu abgehoben."

„Nein. Ich denke, Sie werden sich dort wohlfühlen."

„Luna, lass uns einfach ‚du' zueinander sagen." Kepler holt tief Luft und staunt über seinen plötzlichen Mut, was vielleicht am Cognac liegt.

Sie schenkt ihm ein Lächeln und gibt ihm erneut einen Kuss auf die Wange.

*

Luna und Kepler verlassen das Casino und machen sich auf den Weg zum Rechenzentrum.

„Na, was meinst du? Hab ich zu viel versprochen?"

„Nein. Ich bin angenehm überrascht. Tolles Ambiente. Und dann das Essen. Einfach nur gutbürgerliche Küche. Wenn die Schlemmerei in den kommenden zwei Wochen anhält, sehe ich für mein Gewicht schwarz. Das wird dem Shuttle wohl die Schubkraft rauben."

„Ich denke, zum Abheben wird es noch reichen." Luna lacht. „Auf jeden Fall wirst du den Gang durchs Rechenzentrum jetzt leichter ertragen."

„Oder auch nicht. Der Schweinsbraten liegt mir mächtig im Magen. Ich bin dieses Essen einfach nicht gewöhnt."

Luna gibt an der ins Rechenzentrum führenden Tür einen Code ein. Ihr eingepflanzter Chip reicht nicht, da sie einen Gast mitbringt. Die Tür öffnet sich. Die beiden betreten die riesige Datenfabrik.

„Ein herzliches Grüß Gott!" Der sportlich gekleidete junge Mann kommt auf die beiden zu und gibt ihnen die Hand. „Willkommen im Reich der Bits und Bytes. Hier wird alles verarbeitet, was den Laden am Leben hält." Er wendet sich an Kepler. „Das Herz der Firma haben Sie mit dem großen Sitzungssaal ja bereits kennengelernt."

Kepler nickt.

„Jetzt befinden Sie sich im Gehirn der Firma. Hier laufen alle Daten des Unternehmens zusammen. Wie Venen und Arterien im menschlichen Hirn. Um diese Datenströme optimal steuern zu können, benötigt man eine Infrastruktur. Wie die aussieht und was sonst noch von Bedeutung ist, zeige ich Ihnen im Anschluss an ein paar einführende Worte."

Luna ist mit dem Ablauf mehr oder weniger vertraut. Kepler, der ein Rechenzentrum dieser Größenordnung noch nicht gesehen hat, folgt konzentriert den Ausführungen des jungen Mannes. Er erfährt, dass die Systemtechnik für die Hardware, die Systemverwaltung für die softwareseitige Konfiguration des Maschinenparks und das Operating für den laufenden Betrieb verantwortlich ist. Dass es außer diesem Raum für die informationstechnischen Systeme einen weiteren Raum für Klimatisierung und Energieversorgung gibt. Und dass verschiedene Sicherheitsanforderungen erfüllt werden müssen: Trennung von Produktions- und Testbetrieb. Regelmäßige Datensicherung und gesonderte Archivierung von Daten und Programmen. Brandschutz, Notbetriebs- und Katastrophenmanagement. Sowie Personenkontrolle beim Zutritt.

Dann geht es mitten hinein ins Firmengehirn, das aus einem kreisförmig angelegten Leitstand und sternförmig davon abzweigenden Gängen besteht. In jedem Gang befinden sich beidseitig die dicht an dicht stehenden Rechner. Ein einziges Blinken erfüllt den Raum. Begleitet vom ständigen Rauschen der Kühlaggregate. Der Leitstand mit den rundum angeordneten Bildschirmarbeitsplätzen dient lediglich der Überwachung des laufenden Betriebs. Nur wenn an irgendeinem Rechner eine Störung auftritt, muss das Personal eingreifen. Ansonsten läuft alles automatisch ab.

„Sie können sich bestimmt vorstellen, was es für die Firma bedeuten würde, wenn das Ganze den Bach runter ginge. Dann wären alle Daten und damit alle wichtigen Informationen futsch. Das wäre der Mega-Gau.“

„Was hieße das für das Mondprojekt?“ Kepler wirkt angespannt.

„Dass Sie bis auf weiteres dort oben festsäßen.“ Der junge Mann lacht. „Nein, mal im Ernst. Sämtliche Daten, die die Raumfahrt betreffen – also auch die des Mondprojekts – sind in einem zweiten Rechenzentrum zusätzlich gesichert. Und zwar in unserem Nürnberger Werk, das Teile für die Weltraumprojekte fertigt.“

Kepler ist erleichtert.

„Der Vorstand überlegt seit Monaten, ob auch die anderen Daten doppelt gesichert werden sollten, ist aber bisher zu keinem Ergebnis gekommen. Klar, das ist natürlich eine Kostenfrage. Aber ich denke, unterm Strich macht sich das Ganze bezahlt. Wie hat Gorbatschow, der Vater von Glasnost und Perestroika, doch mal gesagt: Wer zu spät kommt, den bestraft das Leben.“

Luna hat sich vorübergehend ausgeklinkt. Der Chauffeur zeigt Kepler den Fuhrpark der Firmenzentrale. Der etwas korpulente Mann mit Vollbart informiert ihn, dass die Pkw-Flotte aus Wagen der Oberklasse besteht, die Vorstandsmitgliedern und Vertretern des Managements zur Verfügung stehen. Dass diese außerdem zur Beförderung von Kunden und VIPs benutzt werden. Dass niemand mehr, wie früher, einen eigenen Dienstwagen fährt, sondern sich aus dem Fahrzeugpool bedient. Und dass damit eine bessere Auslastung des Fuhrparks erreicht wird, also unnötige Standzeiten vermieden werden.

Kepler, der das vernünftig findet, schaut sich eines der Fahrzeuge genauer an. Dann will er wissen, womit die Außendienstmitarbeiter unterwegs sind, die doch ständig auf ein Auto angewiesen sind. Er erinnert sich, dass auch sein Vater und sein Großvater mit Firmenwagen unterwegs waren.

Der Chauffeur klärt ihn auf, dass die Außendienstmitarbeiter Fahrzeuge der Mittelklasse fahren: Die Kundenberater eine Limousine. Die Service-Mitarbeiter einen Van mit entsprechender technischer Ausrüstung. Dass er diese Fahrzeuge hier aber nicht finden wird, weil sie den einzelnen Werken direkt zugeordnet sind.

Kepler erfährt weiter, dass es sich bei den meisten Fahrzeugen um Modelle mit Elektroantrieb handelt. Dass nur wenige mit anderen – ebenfalls umweltfreundlichen – Antriebsarten ausgestattet sind. Dass diese alle autonom fahren und nur im Notfall von den Fahrern gesteuert werden müssen. Dass regelmäßige Software-Updates den aktuellen Stand der Technik sicherstellen. Dass das Herz des Wagens nicht mehr der Motor, sondern seine Rechnereinheit ist. Und dass Navigationssysteme und Radar nur noch selten benötigt werden. Einerseits, weil weniger Privatwagen als früher unterwegs sind. Andererseits, weil man die Lkw-Transporte von der Straße auf die Schiene zurückverlegt hat.

Am Rande kriegt er noch mit, dass die Fahrer neben der Betankung der Fahrzeuge mit Strom an eigenen Ladestationen auch für Innenreinigung und Außenwäsche zu sorgen haben, während Wartungsarbeiten und Reparaturen in Vertragswerkstätten ausgeführt werden.

Der Chauffeur entschuldigt sich, dass er die Führung wegen eines anderen Termins beenden muss, begleitet Kepler aber noch zum Firmenarchiv, wo Luna bereits auf ihn wartet. Dabei nutzt er die Gelegenheit, ihn noch darauf hinzuweisen, dass die Deutschen die Elektromobilität lange Zeit verschlafen haben, aber gegenüber der internationalen Konkurrenz inzwischen aufholen konnten. Früher wurden immer größere und teurere Spritfresser gekauft. Angesichts des Klimawandels ein Schwachsinn. Aber diese Zeiten sind Gott sei Dank vorbei. Nicht, weil die Appelle an die Autofahrer genutzt hätten, sondern weil vom Gesetzgeber Fakten geschaffen wurden. Auch auf den Verkehrskollaps haben sie erst spät reagiert. Nicht nur mit der Verlagerung der Fernverkehrsströme von der Straße zurück auf die Schiene. Sondern auch mit der Begünstigung des öffentlichen Nahverkehrs. Zum einen, was die Personenbeförderung angeht. So wurden gut ausgebaute Radwegenetze, aus Elektrobussen und -bahnen bestehende Verkehrssysteme sowie ausreichend verfügbares Car-Sharing geschaffen. Zum anderen, was die Güterbeförderung betrifft. Schwere und sperrige Waren werden mit Elektro-Nutzfahrzeugen, Container gar mit Drohnen transportiert. Das alles hätte man aber viel früher realisieren müssen. So wurde das Klima unnötig geschädigt. Und es gibt berechtigte Zweifel, ob das Rad der Umweltsünden noch einmal zurückgedreht werden kann.

*

Kepler und Luna betreten das Firmenarchiv, das auf den ersten Blick wie ein Hochregallager wirkt. Nur mit dem Unterschied, dass hier keine Produkte oder Materialien, sondern Dokumente gelagert werden. In den offenen Fächern befinden sich Einsätze, wie sie in Bankschließfächern zu finden sind. Nur eben deutlich größer und ohne Verschlussklappen. Der Inhalt der Dokumente liegt teils in gedruckter Fassung, teils auf alten Magnetbändern, teils auf Festplatten späterer Generationen, überwiegend aber auf neuesten Datenträgern vor.

Luna erklärt Kepler, dass das Ganze über Stichwortsuche funktioniert. Dass man an einem der Bildschirmarbeitsplätze den gesuchten Begriff eingeben muss und als Ergebnis einen Code erhält. Dass man diesen wiederum eingeben muss, um mit der Suche des Systems beginnen zu können. Das heißt, ein waagerecht hin- und herfahrender Schlitten mit senkrecht auf- und abfahrendem Hubwagen steuert das betreffende Fach an, ergreift den Einsatz samt seinem Inhalt und stellt ihn neben dem Bildschirmarbeitsplatz wieder ab.

Kepler möchte einen Blick in die Firmengeschichte werfen. Er gibt als Stichwort ‚Chronik‘ ein. Nach Erhalt und Eingabe des entsprechenden Codes setzt sich das System in Bewegung, ortet das gesuchte Fach und transportiert den Einsatz mit dem gewünschten Dokument zum Zielort. Während Luna ihn vorübergehend allein lässt, entnimmt er den Datenträger und legt ihn ins passende Laufwerk ein. Die Chronik erscheint auf dem Bildschirm.

Er findet heraus, dass die Gründung der Firma Mitte des 19. Jahrhunderts mit der Fertigung von Telegrafen in einer kleinen Werkstatt erfolgte. Dass Ende des 19. Jahrhunderts die Starkstromtechnik dominierte, so zum Beispiel mit der ersten Straßenbeleuchtung. Dass schon früh sozialpolitische Maßnahmen wie die Beteiligung am Erfolg und die Einführung des Achteinhalb-Stundentags ergriffen wurden. Dass mit der ersten Firmenübernahme Anfang des 20. Jahrhunderts das Kerngeschäft um die Nachrichtentechnik erweitert wurde. Dass die erste Wohnsiedlung für Mitarbeiter gebaut wurde. Dass nach dem Ersten Weltkrieg die Fließarbeit in der Produktion eingeführt wurde. Dass im Zweiten Weltkrieg die Einberufung von Mitarbeitern durch die Zwangsverpflichtung ausländischer Arbeitskräfte kompensiert werden musste. Dass nach Kriegsende ein Großteil der Werksanlagen in Schutt und Asche lag. Dass schließlich der Wiederaufbau und Aufstieg zum Weltkonzern gelang. Und dass mit der Zeit neue Märkte und Geschäftsfelder wie Bauelemente sowie Daten-, Installations- und Medizintechnik erschlossen wurden.

Kepler entdeckt erst ab dieser Zeit Fotos seiner Ahnen: Den Ururgroßvater bei der Arbeit an einer Maschine im Werk Nürnberg. Den Urgroßvater als Meister am Schreibtisch seines Nürnberger Büros.

Luna kehrt zurück.

Kepler zeigt ihr die beiden Ahnen.

Sie kann keine Ähnlichkeit erkennen, behält dies aber für sich.

Er setzt die Suche fort und findet heraus, dass seit Mitte des 21. Jahrhunderts verstärkt in die Produktion von Raumfahrt-Komponenten investiert wurde. Und dass zeitgleich mit der Mondbesiedlung begonnen wurde.

Er stößt auch während dieser Zeitspanne auf Material über seine Vorfahren. Er entdeckt firmeninterne Abhandlungen, Presseberichte und Aufnahmen, die dem Großvater und dem Vater in der Münchner Zentrale, im Nürnberger Werk, bei Großkunden, auf Messen und Kongressen, auf Betriebsausflügen und auf dem Gelände der Mondbasis gewidmet sind.

Luna interessieren vor allem die neueren Fotos, die auf dem Mond gemacht wurden. Hier kann sie schon eher Ähnlichkeiten feststellen. Ihr entgeht nicht, dass Kepler bei der Betrachtung der Aufnahmen mit dem verstorbenen Großvater und dem leidenden Vater mit seinen Gefühlen zu kämpfen hat und streicht ihm zärtlich über die Wangen.

Er scheint sich von den Aufnahmen nur schwer trennen zu können. Doch dann schließt er die Chronik, entnimmt den Datenträger aus dem Laufwerk und legt ihn in den

Einsatz zurück. Die Rückführung an den Stammplatz erfolgt per Knopfdruck automatisch. Auf seine über Generationen erfolgreiche Familie kann er jedenfalls stolz sein. Und er weiß nur zu gut, dass er schon bald als nächstes Glied dieser Kette in der Chronik zu finden sein wird.

*

Kepler trifft vor der Münchner Residenz ein. Im Schlepptau seine vier Schattenmänner. Der Chauffeur hat ihn schnell noch aufgeklärt, dass der weitläufige Palast als das größte Innenstadtschloss Deutschlands gilt. Beim Anblick des Bauwerks fühlt er sich in alte Zeiten zurückversetzt. Dass er ausgerechnet hier mit einem Orden bedacht wird, ehrt ihn, löst aber keine Begeisterung bei ihm aus. Als eher öffentlichkeitsscheue Person weiß er mit derartigen Huldigungen nicht viel anzufangen.

Im Innern des Gebäudekomplexes gibt es eine Reihe von Sälen. Einer davon, der Einsäulensaal, wird für Bankette, Stehempfänge, Ausstellungen und Vorträge genutzt. In diesem Saal findet auch das Bankett für ihn statt. Vom Eingang aus führt eine Treppe hinunter in den Saal. Mittelpunkt der gehobenen Ausstattung ist die namengebende Säule in der Mitte des Raumes. Weitere Blickfänge sind die Gewölbedecke, die Deckenleuchten, die Sprossenfenster und der Parkettboden.

Die Liste der geladenen Gäste ist lang. In zwei Reihen sitzt die feine Gesellschaft an festlich gedeckten Tafeln. Die einen wirken entspannt, die anderen nervös, manche souverän, manch andere verklemmt. Sie alle warten auf Keplers Erscheinen, der sich mehr Zeit lässt, als ihnen lieb ist. Doch dann ist es soweit. Wie ein schüchterner Junge betritt er den Saal. Alle erheben sich von ihren Plätzen und warten der Reihe nach auf einen Händedruck: Der Ministerpräsident, einige seiner Minister und ein paar Landtagsabgeordnete. Die Präsidenten der Handwerks- und der Industrie- und Handelskammer. Die Präsidenten der beiden Universitäten und einige Professoren. Eine Gruppe von Medienvertretern. Sowie Vorstand und Aufsichtsrat seiner Firma. Auch Luna ist – auf seinen Wunsch hin – mit von der Partie. Dann endlich ist die Tortur für Kepler vorüber. Er nimmt neben Luna Platz.

Der Redemarathon beginnt. Der Vorstandsvorsitzende der Firma lobt seinen Mitarbeiter in den höchsten Tönen, was aus dem Munde dieses Mannes aber ehrlich gemeint ist. Die Worte des Ministerpräsidenten klingen, als würde er mit Keplers Verdiensten Wahlwerbung für sich und seine Partei betreiben. Der Präsident der Technischen Universität hinterlässt den Eindruck, als hätte er lieber eine Laudatio auf einen seiner Absolventen gehalten. Der Chefredakteur der größten Tageszeitung beißt sich an seiner Erkenntnis fest, dass der auf dem Mond Geborene den Medien lieber aus dem Weg geht. Und der Präsident der Industrie- und Handelskammer sieht in Keplers Leistung vorrangig den wirtschaftlichen Nutzen für die nach Gewinn strebenden Mitglieder seines Vereins.

Auf Lobhudelei, Missgunst, Tadel und Heuchelei folgt die Ordensverleihung durch den Wirtschaftsminister. Voller Pathos legt er dem Mann vom Mond den Bayerischen Verdienstorden an.

Beifall brandet auf. Dann ist die Zeremonie vorbei.

Kepler atmet tief durch. Nur für einen kurzen Moment greift er nach dem Orden, der einem Malteserkreuz gleicht, auf der Vorderseite das Rautenwappen und auf der Rückseite den bayerischen Löwen in Gold trägt.

Vier Musiker mit zwei Violinen, einer Viola und einem Violoncello beschließen den offiziellen Teil der Veranstaltung mit dem Streichquartett in B-Dur, Opus 130 von Ludwig van Beethoven.

Danach folgt der gesellschaftliche Teil. Kredenzt wird ein aus regionalen Produkten bestehendes Drei-Gänge-Menü: Spargelsuppe als Vorspeise, Spargel mit Ochsenbrust als Hauptgericht, Schokoladeneis und Sauerkirschkompott als Nachspeise. Zu trinken gibt es einen Frankenwein-Riesling.

Kepler genießt Speis und Trank. Das vorzügliche Gericht sieht er quasi als Entschädigung dafür, dass er die quälend lange Prozedur klaglos über sich ergehen ließ. Als störend empfindet er nur das Verhalten einiger Damen unter den Gästen, die, ihrer Mimik und Gestik nach zu urteilen, Luna und ihn im Visier haben. „Ich beobachte schon eine Weile das Getuschel der Tratschen." Kepler zeigt demonstrativ auf sie. „Wir scheinen wohl besonders interessant zu sein."

Luna gibt Kepler den üblichen Kuss auf die Wange. „Sollen sie sich doch das Maul zerreißen."

Dritter Tag

Kepler verlässt das Hotel. In Begleitung seiner Schattenmänner geht er die paar Schritte zum Münchner Marienplatz zu Fuß. Die an diesem Tag herrschende Hitze macht ihm zu schaffen. Er trägt einen Hut mit breiter Krempe. Der schützt ihn sowohl vor der sengenden Sonne, als auch vor den neugierigen Blicken der Besuchermassen. Doch die haben momentan nicht ihn im Visier, sondern warten vor dem Neuen Rathaus auf den Beginn des Glocken- und Figurenspiels. Sein Wunsch nach frischer Luft geht an diesem Tag nicht in Erfüllung. Zu heiß ist es mitten in der Stadt, wo kein einziger Luftzug weht. Den Münchnern und den Fremden – Zugereiste, Migranten, Touristen – scheint der Glutofen nichts auszumachen.

Inmitten der Schaulustigen trifft er den etwas älteren City-Guide, der ihn an diesem Vormittag durch die Altstadt begleiten wird. Was ihm sofort auffällt, sind die enormen Sicherheitsvorkehrungen: Videoüberwachung, Polizeipräsenz, Sicherheitszonen, Hinweistafeln.

Der City-Guide beobachtet Keplers Rundumblick. „Als Mondbewohner mögen Sie irritiert sein. Aber die Kameras und die Polizeistreifen haben sich bewährt. Die Straftaten im öffentlichen Raum sind deutlich zurückgegangen. Meist führen die Ordnungshüter bei ihren Patrouillen noch einen Kampfhund mit. Das schreckt besonders ab." Dann erklärt er, was es mit den Hinweistafeln und den Sicherheitszonen auf sich hat. Erstere sollen auf Verhaltensregeln in Notfällen oder Gefahrenlagen aufmerksam machen. „Sie glauben gar nicht, wie kopflos die meisten Menschen in Ausnahmesituationen reagieren." Letztere hingegen sollen das Eindringen von Kriminellen in sensible Bereiche verhindern. „Eine Sicherheitszone kann erst passiert werden, wenn die kontrollierte Person grünes Licht bekommt. Das wiederum hängt von der weißen Weste des Betroffenen ab. Und die hat er nur, wenn die auf dem eingepflanzten Chip gespeicherten Informationen keine negativen Eintragungen enthalten. Also nie eine rote Linie überschritten wurde."

Kepler will wissen, welche Bereiche als sensibel gelten.

Der City-Guide nennt eine ganze Reihe von Einrichtungen: Das Regierungsviertel. Sämtliche Behörden. Justiz und Strafvollzug. Bahnhöfe, Häfen und Flughäfen. Altstädte und denkmalgeschützte Gebäude. Besondere Sehenswürdigkeiten. Gesundheits- und Versorgungszentren. Fabriken und Rechenzentren. Depots und Lagerstätten.

„Und wenn trotz aller Vorsichtsmaßnahmen etwas passiert? Zum Beispiel ein Terrorakt? Mein Großvater hat immer gesagt, Verrückte kann man nicht aufhalten."

„Da hatte er leider recht."

„Was geschieht dann? Absolute Sicherheit wird es niemals geben."

„Natürlich können wir nicht jeden Gewaltakt verhindern. Und schon gar nicht vorhersehen. Aber wir können dem etwas entgegensetzen. Nämlich ein in Notfällen bewährtes Sicherheitskonzept. Einerseits gewährleistet es den schnellstmöglichen Einsatz aller Ordnungskräfte. So rückt zum Beispiel ein schwerbewaffnetes Sondereinsatzkommando mit Schießbefehl an. Andererseits werden unverzüglich Zufahrtswege gesperrt, versenkbare Poller hochgefahren, Sicherheitszonen verriegelt und Gitter heruntergelassen. Auch Drohnen kommen zum Einsatz. Entweder, um einen Täter auszuschalten. Oder, um nach ihm zu fahnden. Vielmehr kann man aber nicht tun.“

Kepler sinniert darüber, dass er auf dem Mond doch etwas sicherer lebt. Wenn auch natürliche Gefahren wie Einschläge von Meteoriten lauern. Aber die stellen für ihn das kleinere Übel dar. Gefährlich werden sie ohnehin nur bei längeren Außeneinsätzen und in größerer Entfernung zur Mondbasis.

Der City-Guide schaut auf die Rathausuhr. Seinen Zeitplan möchte er unbedingt einhalten. Er beginnt mit der Führung. Die Schattenmänner folgen mit gebührendem Abstand. Auf dem Programm stehen – außer dem Neuen Rathaus, dessen Glocken- und Figurenspiel eben begonnen hat – der Viktualienmarkt, das Hofbräuhaus, die Residenz, die Feldherrnhalle, die Theatinerkirche, der Wittelsbacherplatz und die Frauenkirche. Zu all diesen Sehenswürdigkeiten weiß der Mann eine Menge zu erzählen. Zur Historie. Und speziell zur Kunstgeschichte. Auch Anekdoten sind dabei. Und eine gehörige Portion Stolz. Stolz darauf, dass die Stadt München ihr über Generationen gehütetes Erbe bewahrt hat. Dass sie dem Zeitgeist widerstanden und den Spekulanten die Rote Karte gezeigt hat.

Kepler verfolgt nicht nur das Glocken- und Figurenspiel, sondern hört auch dem City-Guide gebannt zu. Und er hat einen Blick für das Besondere. Denn was er zu sehen bekommt, ist allein aufgrund des Alters von unschätzbarem Wert. Drei dieser Highlights werden ihm zwangsläufig in

Erinnerung bleiben: Die Residenz, wo ihm tags zuvor der Bayerische Verdienstorden verliehen wurde. Das Neue Rathaus, in dem er sich noch heute ins Goldene Buch der Stadt eintragen wird. Und das Hofbräuhaus am Platzl, das er zu später Stunde und in Begleitung von Luna besuchen wird. Was die Stationen im Einzelnen angeht, hat er bereits von seinem Großvater den einen oder anderen Hinweis bekommen. Zum Beispiel, dass die Marktfrauen auf dem Viktualienmarkt für ihren manchmal bissigen und direkten Humor bekannt sind. Oder, dass die Feldherrnhalle nach dem Vorbild der Loggia dei Lanzi in Florenz erbaut wurde. Oder, dass die Theatinerkirche von einer Mischung aus Barock und Rokoko geprägt ist. Oder, dass der Wittelsbacherplatz als schönster klassizistischer Platz Münchens gilt. Oder, dass die Frauenkirche mit Schätzen wie dem Prunk-Hochgrab für Kaiser Ludwig den Bayern und der Gruft mit den ältesten Gräbern der Wittelsbacher aufwarten kann. Er mag es kaum glauben. Als wäre die Zeit stehengeblieben. Die Aussagen seines Großvaters decken sich mit dem, was er heute erleben durfte. Bis auf zwei Dinge, die es früher in dieser Form nicht gegeben hat: Zum einen betrifft es den Viktualienmarkt, der heute von vielen fremdländischen Marktständen beherrscht wird, wodurch das bayerische Flair verloren geht. Zum andern überraschen die vielen betenden Gottesdienstbesucher in der Theatiner- und in der Frauenkirche, die plötzlich Gott entdeckt haben, was ein eher ungewohntes Bild abgibt.

Der City-Guide klärt Kepler auf. Ersteres hat mit der Flüchtlingswelle aus Asien und Afrika zu tun. Die wenigsten Migranten wollen auf ihre Essgewohnheiten verzichten.

Dass dieses Angebot auch eine Bereicherung sein kann, geht in manche Köpfe nicht hinein. Letzteres beruht auf der Angst vor der drohenden Erdfinsternis. Den blinden Augen und den tauben Ohren folgt das schlechte Gewissen, sich seit Jahrzehnten, ja seit Jahrhunderten an der Erde vergangen zu haben. Da glauben die Leute, dass am Ende nur noch das Gebet hilft.

*

Der kleine Sitzungssaal im Neuen Rathaus verfügt über eine exklusive Ausstattung: Eine kunstvoll verzierte Holzdecke. Holzvertäfelung an den Wänden. Rundum lange Tische und gepolsterte Stühle mit hohen Lehnen. Einen schmuckvollen Kamin. Einen von der Deckenmitte herunterhängenden Kronleuchter und vier Leuchter an den Seiten. Zwei übereinander angebrachte Fensterfronten. Ein großes Wandgemälde. Und schließlich einen Parkettboden.

Auf einem Tisch in der Mitte des Raumes liegt das aufgeschlagene Goldene Buch der Stadt. Vor dem Tisch steht ein Stuhl. Dahinter haben sich die Vertreter der Stadt postiert: Der Oberbürgermeister und seine beiden Stellvertreter. Alle natürlich mit umgehängter Amtskette.

Der eintretende Kepler wird per Handschlag begrüßt.

Seine Schattenmänner bleiben draußen.

Ein städtischer Bediensteter zeigt auf den vor dem Tisch stehenden Stuhl, den er zuvor zurechtgerückt hat.

Kepler nimmt Platz und lässt sich von dem Bediensteten den vergoldeten Füllfederhalter reichen. Dann trägt er sich ins Goldene Buch der Stadt ein. Er muss an seinen

Vater denken, der ihm eingebläut hat, sich vom politischen Establishment nicht blenden zu lassen. Nicht von den Vertretern des Freistaats Bayern, die ihn gestern in der Residenz empfangen haben. Nicht von den Stadtoberen der von ihm besuchten Metropolen, die ihn heute in München und Tage später in Nürnberg willkommen heißen. Sie alle wollen sich mit ihren Amtshandlungen nur vor dem Wähler profilieren. Am Ende der Zeremonie gibt Kepler den vergoldeten Füllfederhalter an den Bediensteten zurück und erhebt sich von seinem Platz.

Der Bedienstete füllt Champagner in vier Gläser und übergibt sie Kepler und den Stadtoberen.

Dann stoßen die Männer miteinander an.

Erst jetzt wird die Medienmeute mit ihren Kameras und Mikrofonen von der Leine gelassen, um den Mann vom Mond ins Visier nehmen zu können.

Der geht auf Fragen, gleich welcher Art, aber nicht ein, weil er für das Mondprojekt nicht verantwortlich und somit auch nicht befugt ist, sich zu dem Projekt zu äußern.

Was bleibt, sind lange Gesichter und ein eher privates Geplauder.

*

Den Nachmittag gestaltet der Chauffeur, der Kepler mit den neuesten Entwicklungen Münchens bekanntmachen möchte. Luna begleitet ihn. Die Schattenmänner folgen im eigenen Wagen.

Der Chauffeur wendet sich an Kepler. „Einen Blick in die alte Zeit konnten Sie ja bereits werfen. Der Charme der

Altstadt zieht nach wie vor die Menschen in ihren Bann. Die neue Zeit ist da weniger interessant. Für viele ist sie zur Gewohnheit geworden. Sie als Mondbewohner wird es sicher interessieren, welchen Wandel vor allem München erlebt hat."

„Wie die Stadt früher aussah, weiß ich nur vom Hörensagen und ein paar Fotos."

Luna schaltet sich ein. „Alles, was er weiß, stammt von seinem Großvater." Sie schaut Kepler an. „Stimmt doch, oder?"

Kepler ergreift ihre Hand und nickt.

„Na, dann lassen Sie sich mal überraschen. Die Neugestaltung des urbanen Gürtels um die Münchner Altstadt herum erforderte den Abriss mancher Viertel, deren Sanierung sich nicht mehr gelohnt hat. Das Ergebnis kann sich sehen lassen. Vor allem ist das Preisniveau nach dem Platzen der Immobilienblase deutlich gesunken. Ich werde Ihnen von den unterschiedlichen Siedlungsmodellen jeweils ein typisches Beispiel zeigen." Der Chauffeur zählt auf, welche Viertel er der Reihe nach anfahren wird: Ein Villenviertel für die Reichen. Ein Altbauviertel und eine Neubausiedlung für Selbstständige und Beamte. Ein Wohnviertel für Angestellte und Arbeiter in einem Gewerbegebiet. Ein Wohnviertel für Sozialhilfeempfänger. Sowie eine Containersiedlung und ein Leerstands-Viertel für Flüchtlinge.

Kepler stellt sich auf eine lange, aber interessante Rundfahrt ein. Zum Glück in einem Elektrofahrzeug der bequemen Oberklasse. Noch dazu mit Klimaanlage, was bei der momentanen Hitze puren Luxus bedeutet. Aussteigen werden sie nur bei Bedarf und wenn es die Temperaturen erlauben. Zudem darf er Lunas Gesellschaft genießen. Allein ihre Nähe weckt Glücksgefühle in ihm. Und natürlich wird er die frische und saubere Luft inhalieren, sobald das Thermometer ein Einsehen zeigt und den Rückwärtsgang einlegt.

*

Erste Station ist das Villenviertel. Sie können im Wagen sitzen bleiben. Denn das Gelände ist von einem Stacheldrahtzaun umgeben. Hier leben die Reichen. Die alte Bausubstanz blieb weitgehend erhalten, so dass nur energetische Sanierungen vorgenommen werden mussten. Neubauten für Zuzügler werden nicht mehr genehmigt.

Der Chauffeur zählt auf, was für den erlauchten Kreis alles verwirklicht wurde. Dass diverse Einrichtungen geschaffen wurden, die ein weitgehend autarkes Leben ermöglichen. Dazu gehören: Ein Casino für das leibliche Wohl. Ein Club für das gesellschaftliche Miteinander. Ein Spielsalon zur Pflege des Billard- und des Schachspiels. Eine Kindertagesstätte und eine Privatschule für den eigenen Nachwuchs. Ein Seniorenstift für die alte Garde. Ein Hallenbad und Tennisplätze für die sportliche Betätigung. Eine Kapelle mit Kolumbarium für die Verblichenen. Sowie ein Sicherheitsdienst und ein Hausmeisterservice. Und weil man das Misstrauen gegenüber meist ausländischen Haushaltshilfen partout nicht abzulegen gedenkt, werden für Arbeiten innerhalb der Villen wie Staubsaugen, Fensterputzen, Wäschewaschen, Bügeln, Behindertenhilfe und dergleichen durchweg Roboter eingesetzt.

Kepler – und das gilt auch für Luna – könnte sich mit dieser Wohnform nicht anfreunden. Zumal er sich wie ein Gefangener vorkäme, der beim Verlassen des gesicherten Geländes um sein Leben fürchten müsste. Hinzu kommt, dass diese Art von Luxus kaum noch gefragt ist. Auf dem Mond sowieso nicht. Und selbst in der irdischen Gesellschaft wird Lebensqualität inzwischen anders definiert. Ob ganz bewusst oder gezwungenermaßen, sei dahingestellt.

„Immerhin hat es die internationale Gemeinschaft geschafft, den astronomisch hohen Einkünften einen Riegel vorzuschieben, indem Steuerschlupflöcher dicht gemacht wurden.“ Im Gesicht des Chauffeurs macht sich Schadenfreude breit. „Millionäre und Milliardäre zahlen heute neunzig Prozent Steuern. Denen bleibt dann zwar immer noch genug übrig. Aber das meiste fließt in die Staatskasse und kommt damit indirekt der Allgemeinheit zugute.“

*

Die beiden nächsten Stationen lohnen – trotz des Hitzeterrors – einen kleinen Rundgang. Mit Beamten, Freiberuflern, Gewerbetreibenden und Künstlern beherbergen sie zwar die gleiche Bevölkerungsschicht. Aber sowohl von der Bausubstanz als auch von der Lage her sind die Viertel nicht vergleichbar: Ein zentrumsnahes Altbauviertel. Und eine Neubausiedlung am Stadtrand.

Bei den Häusern im Altbauviertel handelt es sich um denkmalgeschützte Ein- und Mehrfamilienhäuser. Manche Leute ziehen ein Haus mit Garten vor. Andere nehmen lieber eine Wohnung. Nur wenige Häuser und Wohnungen befinden sich in Privatbesitz. Die meisten können bei Wohnungsgenossenschaften gemietet werden. Schön anzuschauen sind die gepflegten Privatgärten und die öffentlichen Grünanlagen. Die Zentrumsnähe hat natürlich ihren Preis, weswegen hier die Mittelschicht mit dem etwas größeren Geldbeutel lebt.

Luna vergleicht dieses Viertel mit ihrem Stadtteil. Ihrer Entscheidung lag allerdings nicht die geringe Entfernung zum Zentrum, sondern der Charme der erhaltenswürdigen Altbauten zugrunde.

Im krassen Gegensatz dazu steht die Neubausiedlung draußen am Stadtrand, die aus Reihenhäusern und Doppelhaushälften besteht. Auch in diesem Viertel sind Eigentümer und Mieter zu finden. Das Ambiente ist mit dem des Altbauviertels natürlich nicht zu vergleichen. Aber wegen der größeren Entfernung zum Zentrum sind die Preise eher moderat, so dass hier die weniger Betuchten der Mittelschicht eine Bleibe finden.

Kepler fällt auf, dass es in der Neubausiedlung – im Gegensatz zum Altbauviertel – etliche Spielplätze gibt.

„Hier leben hauptsächlich Familien mit Kindern." Der Chauffeur zeigt ein Foto seiner Familie. „Das sind meine drei. Ein Bube und zwei Mädels. Heute wird wieder mehr gespielt, was die Kreativität der Kinder fördert. Früher sind die alle nur mit ihren Wischkästen zugange gewesen. Was das gebracht hat, ist ja hinlänglich bekannt." Er steckt die Aufnahme wieder ein. Dann ergänzt er noch, dass die Bewohner beider Viertel Selbstversorger sind und für ihre Erledigungen das Fahrrad oder den gut ausgebauten öffentlichen Nahverkehr benutzen. Und dass die Energieversor-

gung durch Sonnenkollektoren und Regenwasserbehälter
auf den Dächern der Gebäude gesichert ist. Allerdings mit
der Einschränkung, dass infolge des Klimawandels zwar
reichlich Sonnenenergie verfügbar ist, dafür aber – wegen
der zunehmenden Trockenheit – Wassermangel herrscht.

Kepler kann, wie Luna, dieser Wohnform weit mehr
abgewinnen als den aufgemotzten Villen auf jenem abge-
schotteten Gelände, das obendrein auch noch wie ausgestorben wirkte. Das Altbauviertel und die Neubausiedlung
würden bei ihm schon allein wegen der Umweltfreundlichkeit und der Finanzierbarkeit punkten. Von dem natürlichen Umfeld ganz zu schweigen.

*

An der vierten Station, wo sie auf das Wohnviertel in
einem Gewerbegebiet treffen, bleiben sie im klimatisierten
Wagen sitzen. In den farbenfroh gestrichenen Hochhäu-
sern haben sich Angestellte und Arbeiter der ortsansässigen
Firmen niedergelassen, wie vom Chauffeur zu erfahren ist.
Wohnungsvermietung und Energieversorgung erfolgen
durch den Arbeitgeber. Der Arbeitsplatz befindet sich in
unmittelbarer Nähe. Das gilt auch für Kindertagesstätte
und Grundschule. Und die Mahlzeiten können in der be-
triebseigenen Kantine eingenommen werden. Was sonst
noch zum Leben benötigt wird, lässt sich in fußläufig er-
reichbaren Einkaufsmärkten beschaffen, die auf regionale
Produkte setzen und weitgehend ohne Verpackungsmateri-
al auskommen. Eine Nutzung des öffentlichen Nahver-

kehrs erübrigt sich ebenso wie die Anschaffung eines eigenen Fahrzeugs.

Dieses Modell, das schon vor zweihundert Jahren von bedeutenden Industriellen praktiziert wurde, erscheint Kepler, wie auch Luna, als optimale Lösung für die abhängig Beschäftigten. Zumal auch hier Umweltfreundlichkeit und Finanzierbarkeit positive Aspekte sind. Und die saubere Luft ist ein Beweis dafür, dass die nahen Industrieanlagen nach dem Ende des fossilen Brennstoffeinsatzes keine Dreckschleudern mehr sind.

Eine Besonderheit bieten die an diesem Modell beteiligten Firmen mit ihrem Lohn- und Gehaltssystem an, wie der Chauffeur ergänzt. Nicht nur, dass diejenigen, die hier arbeiten, mehr auf ihrem Konto haben als diejenigen, die nicht arbeiten. Aus welchen Gründen Letzteres auch geschehen mag. Vorbildlich ist, dass die hier Beschäftigten für besonders gute Arbeit mit Leistungszulagen belohnt werden. Und dass der Staat dies sogar noch honoriert, indem er die Zulagen von der Steuer befreit.

*

Seit Keplers Ankunft auf der Erde hat sich das Wetter von seiner besten Seite gezeigt. Wenn auch die plötzliche Hitzewelle Mensch und Tier zu schaffen macht. Nun verdunkelt sich der Himmel erstmals. Ein leichter Wind weht und treibt die aufziehenden Wolken vor sich her. Für die Münchner besteht kein Grund zur Panik. Seit das mediterrane Klima die Alpen in Richtung Norden überquert hat, spielt sich das Leben fast nur noch im Freien ab. Was sind da schon ein paar Wolken, solange der Himmel nicht seine Schleusen öffnet. Dabei muss man wissen, dass die Bayern schon früher ihre Metropole als Biergarten benutzt haben und auch dann noch hocken blieben, wenn sich die Preußen längst nicht mehr nach draußen getraut haben.

Währenddessen erreichen sie die fünfte Station. Hier befindet sich das Wohnviertel für Sozialhilfeempfänger. Zu diesen Ärmeren der Gesellschaft zählen: Ungelernte Hilfskräfte, die Gelegenheitsjobs zu Niedriglöhnen ausführen. Erwerbsunfähige wie zum Beispiel Schwerstbehinderte. Langzeitarbeitslose, die kaum vermittelbar sind. Sowie Alleinerziehende mit schmalem Geldbeutel. Sie verlassen kurz ihr Fahrzeug, um sich ein wenig umzuschauen. Die Hitze macht indes keine Anstalten, die Anzahl Grad Celsius etwas herunterzuschrauben.

Die ursprüngliche Bebauung wurde abgerissen und durch neue Wohntürme ersetzt, wie der Chauffeur schildert. Als erstes erhalten sie eine kostenfreie Sozialwohnung in einem dieser Wohntürme. Die Größe hängt von der Anzahl der Personen ab. Um speziell die Duschzeiten angesichts der knappen Wasserressourcen zu begrenzen, muss bei jedem Duschgang ein Chip eingeworfen werden. Des Weiteren ist die Verpflegung mit drei täglichen Mahlzeiten in einer Großkantine kostenlos. Das sorgt für gesunde Ernährung und begrenzt die Abfallmengen. Auch die Ausgaben für die medizinische Versorgung werden vom Staat übernommen. Schließlich gibt es noch ein kleines Grundeinkommen für sonstige Ausgaben wie zum Beispiel Getränke, Süßigkeiten, Möbel, Kleidung, Körperpflege, Duschchips und Spielzeug für Kinder.

Luna kritisiert, dass das Gelände nicht den saubersten Eindruck hinterlässt.

Auch dem Chauffeur missfallen vor allem die vereinzelt herumliegenden Zigarettenkippen. Dabei sind genügend Papierkörbe und Mülltonnen vorhanden. Sonst fehlt es hier aber an nichts, wie der Mann mit Vollbart betont und was ein kurzer Blick auf die einzelnen Einrichtungen auch erkennen lässt. Die erwähnte Großkantine besteht aus Großküche, -bäckerei und -metzgerei. In einem mehrstöckigen Nebengebäude werden vertikal angelegte Farmen in Form von Hydrokulturen für den Anbau von Obst und Gemüse betrieben. Tagsüber werden die Pflanzen mittels Parabolspiegeln mit Sonnenlicht versorgt. Nachts übernehmen Wärmelampen diese Funktion. In einer Lagerhalle werden sämtliche nicht eigenständig erzeugten Lebensmittel aufbewahrt. Außerdem gibt es noch – mit Selbstbedienung – einen Getränkemarkt und ein Sozialkaufhaus für Möbel, Kleidung, Artikel für die Körperpflege und Spielzeug für Kinder sowie einen Spielplatz und einen Fahrradparkplatz. Die Abrechnung der Einkäufe im Getränkemarkt und im Sozialkaufhaus sowie der Ausgabe von Duschchips in der Verwaltung erfolgt beim Durchqueren einer Lichtschranke über den eingepflanzten Chip mit anschließender Abbuchung vom Bankkonto.

Kepler ist beeindruckt von den großzügigen Sozialleistungen des Staates für die Schwächeren der Gesellschaft beziehungsweise die in Not geratenen Bürger. Dass damit die Vergehen der Kleinkriminellen deutlich reduziert werden konnten, ist ein erfreulicher Nebeneffekt.

*

Ein Halt an den beiden letzten Stationen ohne Ausstieg läutet das Ende der Rundfahrt durch die verschiedenen Stadtviertel ein. Die hier eingerichteten Flüchtlingsunterkünfte bestehen aus zwei getrennten Wohnvierteln: Einer Containersiedlung außerhalb der Stadt. Und einem renovierungsbedürftigen Viertel mit leer stehenden Gebäuden.

Im ersten Fall werden die Flüchtlinge statt in großen Hallen oder auf Zeltplätzen in Containern untergebracht. Zur Vermeidung von Konflikten getrennt nach Geschlecht, Altersgruppe, Nationalität und Religionszugehörigkeit. Jeder Container ist mit bis zu vier Doppelstockbetten ausgestattet, so dass maximal acht Personen über einen Schlafplatz verfügen. Geduscht wird in separaten Duschräumen mit den bereits erwähnten Duschchips. Die Betreuung erfolgt durch Hilfsorganisationen, die teils vom Staat unterstützt, teils durch Spenden finanziert werden. Für die Verpflegung sorgt eine sogenannte Suppenküche. Um das Verschwinden und Untertauchen eines Flüchtlings ohne Registrierung verhindern zu können, ist das Gelände durch Stacheldrahtzäune und Sonderbewachung gesichert.

Kepler möchte mehr über die Flüchtlinge wissen. Vor allem, weshalb sie aus ihrer Heimat fliehen.

Der Chauffeur klärt ihn auf, dass die Leute verschiedene Fluchtgründe angeben: Krieg um Bodenschätze, Wasser oder Land. Kriegsähnliche Ereignisse wie zum Beispiel Terror. Politische Verfolgung in einer Diktatur. Hungerkatastrophen nach Ernteverlusten in der Dritten Welt. Naturkatastrophen wie beispielsweise Überflutung der Heimat oder deren Zerstörung durch Erdbeben. Und sonstige Katastrophen wie etwa ein Atomunfall.

Kepler meint, dass dieses Camp doch keine Dauerlösung sein kann.

Der Chauffeur weist darauf hin, dass es ja nur als Auffanglager dient. Zunächst wird jeder mit der Vergabe einer persönlichen Ident-Nummer registriert. Dann werden seine Dokumente wie Reisepass und so weiter auf ihre Echtheit hin überprüft. Erst jetzt kann über Annahme oder Ablehnung des Asylantrags entschieden werden. Bei negativem Bescheid erfolgt die sofortige Ausweisung. Es sei denn, der Asylbewerber ficht die Entscheidung aus plausiblen Gründen an. Dann beginnt die Prozedur von vorn. Bei positivem Bescheid wird dem Betreffenden eine Wohnung in einem Leerstands-Viertel zugewiesen. Während des gesamten Verfahrens steht jedem Asylbewerber ein Dolmetscher zur Verfügung.

„Und wie hoch ist die Aufnahmequote?“

„Sehr hoch. Die aktuelle Quote kenne ich nicht.“

„Die Fluchtwelle muss doch mal abebben.“

„Nein, sie nimmt eher zu.“

„Da bin ich aber froh, dass die nicht alle auf den Mond wollen.“

Ein abschließender Blick ins Leerstands-Viertel zeigt, dass das Gelände im Wesentlichen dem Wohnviertel für Sozialhilfeempfänger gleicht. Nur, dass statt neuer Wohntürme renovierungsbedürftige Altbauten zu sehen sind. Die leer stehenden Gebäude wurden einst von der Hausbesetzer-Szene in Beschlag genommen, bis eines Tages eine groß angelegte Räumung erfolgte. Die führte natürlich zu Tumulten mit enormen Sachschäden. Seit der notdürftigen Instandsetzung werden hier diejenigen Asylbewerber einquartiert, deren Asylantrag angenommen wurde. Auf eine umfassende Sanierung der Gebäude wird bewusst verzichtet, weil man kein Ghetto auf Dauer schaffen will, sondern die Bewohner möglichst schnell in die Gesellschaft integrieren möchte. Und nur solange wird auch die staatliche Unterstützung gewährt. Wie dies im Wohnviertel für Sozialhilfeempfänger gehandhabt wird.

Kepler möchte wissen, wie man die Leute aus ihren Notunterkünften herausbekommen will.

Der Chauffeur erklärt, dass sie zunächst mal die deutsche Sprache lernen müssen. Danach müssen sie sich um einen Arbeitsplatz bemühen, was für schlecht Ausgebildete zum Stolperstein werden kann. Denn gar zu viele Hilfsarbeiter werden nicht benötigt. Sobald sie eine Prüfung in Staatsbürgerkunde erfolgreich abgelegt haben, können sie die deutsche Staatsbürgerschaft beantragen. Frühestens nach drei Jahren kann diese erworben werden. Der alte Pass wird dann eingezogen. Haben sie einen Arbeitsplatz und eine Wohnung gefunden, müssen sie dieses Viertel verlassen. Und was den Zuzug von Familienmitgliedern angeht, darf dies keinen Anspruch auf Sozialleistungen nach sich ziehen. Der Chauffeur weist noch darauf hin, dass der alte Pass nur einbehalten und nicht für ungültig erklärt wird, um straffällig gewordene Migranten in ihre Heimat abschieben zu können. Mit dem neuen Gesetz der Passverwahrung sollen die neuen Staatsbürger daran erinnert werden, worauf sie sich eingelassen haben. Dass sie von nun an in einem Land leben, in dem Freiheit, aber nicht Narrenfreiheit zu den persönlichen Grundrechten zählt. Erst nach fünfjähriger Probezeit – ohne Verübung einer Straftat – wird der alte Pass für ungültig erklärt. Die deutsche Staatsbürgerschaft ist damit amtlich. Einen Doppelpass gibt es nicht mehr. So wie man nicht gleichzeitig zwei Religionen angehören kann, kann man auch nicht gleichzeitig zwei Staaten angehören.

Kepler begrüßt den humanen Umgang mit den Flüchtlingen. Er hat auch Verständnis dafür, dass sich der Staat rückversichern, also der Verletzung der Bürgerpflichten von vornherein Einhalt gebieten will. Aber er möchte ebenso verstehen, wie es Menschen ergeht, denen jegliche Lebensgrundlage entzogen wird. Wenn er an die Fluchtwelle denkt, die wie ein Tsunami über Europa hinweg rollt, läuft es ihm kalt über den Rücken. Vielleicht spielt das Mondprojekt doch noch mal eine wichtige Rolle bei der Umsiedlung der Menschheit auf andere Planeten. Spätestens dann nämlich, wenn die Erde weitgehend unbewohnbar sein wird.

*

Luna begleitet Kepler ins Hofbräuhaus am Platzl. Wie immer, gefolgt von den vier Schattenmännern. Drinnen ist der Teufel los. Schon von weitem ist der Lärm zu hören, den die rund tausend Besucher in der Schwemme verursachen. Im bekanntesten Teil des Hauses hocken die Leute an Holztischen und schütten den Inhalt der Bierkrüge in sich hinein. Gespräche sind so gut wie unmöglich. Zu groß ist der Lärmpegel. Mitten durch das Getümmel schieben sich die mit Dirndl bekleideten Bedienungen hindurch. Jeweils mit einer ganzen Batterie gefüllter Krüge in beiden Händen. Für die Stammgäste gibt es übrigens eigene Trinkgefäße, die in verschlossenen Regalen verwahrt werden. Auch Speisen sowie deftige Brotzeiten können geordert werden, um zum Beispiel mit Hilfe von rotem und weißem Presssack dem Alkohol einen fetthaltigen Stabilisator hinzuzufügen.

Während Kepler und Luna noch zwei freie Plätze finden und zwei Maß Bier bestellen, eröffnet die Blaskapelle ihren Musikmarathon mit dem hauseigenen Ohrwurm ‚In München steht ein Hofbräuhaus‘. Natürlich begleitet vom Chor der größtenteils schon benebelten Besucher. Mit jedem Stück Blasmusik und jeder Maß Bier nimmt die Stimmung zu, bis das Maß der schier grenzenlosen Sauferei seinen Höhepunkt erreicht hat und die Volltrunkenen nach und nach die Schwemme verlassen. Zurück bleiben die Wackeren, die noch aufrecht gehen können, weil sie der Steigerung des Alkoholpegels mehr Zeit gegönnt haben. Zu ihnen gehören auch Kepler und Luna, die ein letztes Mal miteinander anstoßen und ihre traute Zweisamkeit mit einem innigen Kuss beschließen.

Vierter Tag

An diesem Vormittag sind Sehenswürdigkeiten außerhalb der Altstadt dran. Ein Kleinbus wartet vor dem Hotel. Und mit ihm ein neuer City-Guide. Die Stimme des jungen Mannes ist laut, die Aussprache mit schwäbischem Akzent gewöhnungsbedürftig.

Kepler muss sich schon sehr konzentrieren, um alles zu verstehen.

Der Rundkurs beginnt und endet am Deutschen Museum. Angefahren werden Kulturzentrum Gasteig, Maximilianeum, Englischer Garten, Allianz Arena, Alte und Neue Pinakothek, Königsplatz, Olympiapark, Schloss Nymphenburg und Theresienwiese.

Kepler nimmt im Kleinbus Platz. Seine Schattenmänner gesellen sich zu ihm. Der autonom fahrende Elektrobus, der seinen Strom induktiv aus der Fahrbahn bezieht, begibt sich auf den festgelegten Rundkurs. Die Zwischenstopps können nur kurz sein. Wer etwa das Deutsche Museum besuchen will, muss zusätzliche Zeit einplanen. Er selbst wird am Ende der Tour an einer zweistündigen Führung teilnehmen.

An jedem Haltepunkt gibt es vom City-Guide nützliche Informationen. So erfährt Kepler einerseits von historischen Orten, an deren Bedeutung sich bis heute nichts geändert hat. Zum Beispiel: Dass das Deutsche Museum eines der größten technisch-naturwissenschaftlichen Museen der Welt ist. Dass der Englische Garten als grüne Oase im Herzen Münchens gilt. Dass Alte und Neue Pinakothek

Gemälde bedeutender Künstler beherbergen. Dass der Königsplatz von monumentalen Bauten wie Propyläen, Glyptothek und Antikensammlungen beherrscht wird. Dass Schloss Nymphenburg über die Schönheitengalerie von König Ludwig I. verfügt. Und dass die Theresienwiese die Heimstätte des Oktoberfests ist.

Andererseits erlebt er Stationen, die sich im Lauf der Jahrzehnte gewandelt haben: Dass im Kulturzentrum Gasteig nur noch Filme fürs Internet gedreht werden, deren Handlung vom Publikum beeinflusst werden kann. Dass in der Allianz-Arena häufig Gladiatorenkämpfe stattfinden, die ausschließlich mit künstlicher Intelligenz gefütterte Roboter bestreiten und über Wetteinsätze finanziert werden. Dass auf einer Riesenleinwand im Stadion des Olympiaparks in regelmäßigen Abständen Live-Aufnahmen von der Mondbasis gezeigt werden. Und dass nach Landtagswahlen die ins Maximilianeum einziehenden Parteien von einer stärkeren Gewichtung der Stimmen politisch Gebildeter profitieren, was die Chancen von Populisten erheblich mindert.

Kepler möchte wissen, wie man das anstellt.

Der City-Guide klärt ihn auf, dass der Wähler einerseits doppeltes Stimmrecht erhält, wenn er einen Aufklärungskurs in Geschichte und Staatsbürgerkunde absolviert und mit Prädikat bestanden hat. Dass ihm aber andererseits das Stimmrecht entzogen wird, wenn auf dem eingepflanzten Chip negative Eintragungen im psychiatrischen Attest oder im polizeilichen Führungszeugnis vorliegen.

Was die Live-Aufnahmen von der Mondbasis betrifft, hat Kepler bis heute nichts von diesen Übertragungen gewusst. Nur so viel, dass er schon häufiger bei seiner Arbeit gefilmt worden ist. Jetzt glaubt er, dass man ihn schon des Öfteren gezeigt hat. Und dass er auch künftig zu sehen sein wird. Das dürfte besonders Luna interessieren.

*

Am Nachmittag ist eine Fahrt übers Land geplant. Der Chauffeur verlässt mit Luna die Firma und holt Kepler am Hotel ab. Wie immer stehen auch die Schattenmänner in den Startlöchern.

Kepler steigt in den Wagen. Dass es heute nicht so heiß ist, empfindet er als angenehm. Abgesehen davon, dass das Fahrzeug über eine Klimaanlage verfügt und die Luft auf dem Land ohnehin erträglicher ist als im Treibhaus einer Großstadt. Er ist voller Erwartung. Zum einen, weil er zum ersten Mal das Haus seines Großvaters zu Gesicht bekommt. Zum andern, weil er nach dem innigen Kuss im Hofbräuhaus auf Lunas Reaktion gespannt ist. Wie wird sie sich verhalten? War der erste Kuss eine Liebeserklärung oder nur eine spontane Aktion? Womöglich der Wirkung des Alkohols geschuldet? Die Antwort kommt prompt. Sie küsst ihn nicht nur einmal. Dann schmiegt sie sich zärtlich an ihn an. Die Erleichterung steht ihm ins Gesicht geschrieben. Er nimmt sie in den Arm.

Die Landpartie zieht sich hin. Schließlich halten sie in einem Dorf, das einen gepflegten Eindruck hinterlässt und Betriebsamkeit ausstrahlt. Rein äußerlich wirkt der Ort wie eine riesige Farm. Der Chauffeur verrät, dass es sich hier um eine Art Kibbuz handelt. Quasi um die Kopie des israelischen Originals. Hier hat sich die Mittelschicht angesiedelt, die mit dem Leben in der Stadt abgeschlossen hat und stattdessen dem ländlichen Dasein den Vorzug gibt. Zum Teil sind es Aussteiger, die von der High-Tech-Branche mitsamt ihrem Kommerz-Wahn die Nase voll haben und sich nun mit der Natur verbünden. Die nach Jahren beruflicher Hektik, noch dazu mit wenig Zeit für die Familie, ein beschaulicheres und sinnvolleres Leben suchen. Es sind aber auch Leute dabei, die als Selbstständige eine zunehmend unsichere Zukunft vor sich sahen oder als abhängig Beschäftigte nur mit befristeten und schlecht bezahlten Jobs abgespeist wurden.

Kepler und Luna erfahren, wie so ein Kibbuz funktioniert: Dass das Eigentum gemeinsam finanziert und verwaltet wird. Dass die Arbeitsleistung des Einzelnen – ähnlich den Kolchosen in der ehemaligen DDR – für das Kollektiv erbracht wird. Dass den Mitgliedern dieser Gemeinschaft nur ein Grundbetrag gezahlt wird und dafür Wohnung, Kleidung, Verpflegung und medizinische Versorgung kostenlos sind. Und dass bei wichtigen Entscheidungen sowie der Besetzung von Ämtern und Arbeitsplätzen Gleichberechtigung unter den Geschlechtern herrscht. Zudem ist das Ganze gut organisiert: Die Verwaltung besteht aus Einkauf, Verkauf und Buchhaltung. Der Service-Bereich umfasst Wäscherei, Schneiderei, Friseur und Bücherei. Die Kantine bietet heimische, also nicht koschere Küche wie bei den Juden. Und für die Betreuung des Nachwuchses steht ein Kindergarten zur Verfügung. Nur die schulpflichtigen Kinder müssen mit dem Elektro-Linienbus in die Stadt fahren. Und was die Energieversorgung angeht, hat man das Patent mit den auf Dächern angebrachten Sonnenkollektoren und Regenwasserbehältern – wie die Idee des Kibbuz allgemein – von den Israelis abgeschaut.

Kepler möchte noch wissen, was dieser Kibbuz eigentlich verkauft. Milch? Eier? Obst? Gemüse?

Der Chauffeur klärt ihn auf, dass alles verkauft wird, was Ackerbau und Viehzucht so hergeben. Und natürlich auch der Wald. Dass sich das Unternehmen in Land- und Forstwirtschaft aufteilt und nebenher eine Käserei, eine Schlachterei, eine Mühle und ein Gästehaus betrieben werden. Und dass der erzielte Gewinn mehr als nur zum Leben reicht.

Luna ergreift Keplers Hand. „Ein Leben in frischer Luft. Wär das nichts für dich?“

Kepler zuckt mit den Schultern. Konkret äußern möchte er sich nicht, zumal er erst einmal auf den Mond zurückkehren muss. Für wie lange, weiß er nicht. Das hängt auch davon ab, wie lange sein Vater noch lebt. Generell hegt er aber Zweifel, ob die dahinsiechende Erde im Allgemeinen und das Landleben im Besonderen das Richtige für ihn sind. Luna enttäuschen möchte er allerdings auch nicht. Zu groß ist die Liebe zu dieser Frau. Also schweigt er vorerst.

*

Nach dem Besuch des mit reichlich Leben gefüllten Kibbuz erscheint ihnen das Dorf seines Großvaters wie ausgestorben. Viele der alten Höfe sind verfallen: Zerschlagene oder mit Brettern vernagelte Fensterscheiben. Von den Wänden gefallener Putz, der die darunter liegenden

Ziegelsteine freilegt. Von Stürmen herausgerissene Dachziegel. Verwilderte Gärten, die selbst die schärfste Sense nicht vom Unkraut befreien kann. Verrostete landwirtschaftliche Geräte aller Art. Hier und da ein schrottreifer Traktor. Herrenlose Hunde oder streunende Katzen auf der Suche nach Nahrung.

Um die im Dorfkern errichteten Wohnhäuser ist es nicht viel besser bestellt. Entweder stehen sie leer. Außer dass sich Fledermäuse und Tauben eingenistet haben. Oder sie sind noch bewohnt, aber dringend sanierungsbedürftig. Den alten Leuten fehlt dafür das Geld. Und Erben gibt es nicht beziehungsweise wollen sich mit dem alten Gemäuer nicht herumschlagen. Es tut ihnen weh, wenn sie die alte Frau hinter der Fensterscheibe hocken und in die Trostlosigkeit ihres Dorfes hinausblicken sehen. Oder wenn sie den alten Mann auf der Bank vor seiner schäbigen Hütte beobachten, wie er apathisch vor sich hin starrt.

Erstaunlich gut erhalten ist das Innere der kleinen Dorfkirche. Sehenswert sind die alten Fresken und ein Teil des Inventars wie Altar, Kanzel und Taufstein. Kepler fällt nicht nur die vor dem Altar kniende Greisin auf. Er sieht auch seine Großeltern vor sich. So manchen Sonntag lauschten sie hier der Predigt des Pfarrers, wie ihm der Großvater anvertraute. Und das, obwohl er mit Religion nicht viel am Hut hatte. Aber die Großmutter war sehr gläubig. Belohnt wurde sie dafür nicht. Sie starb bereits fünf Jahre früher als ihr Mann.

Einen ordentlichen Eindruck hinterlässt auch der historische Dorfbrunnen, selbst wenn er kein Wasser mehr ausspuckt. Die damalige Dorfjugend – darunter sein Vater –

hat sich regelmäßig hier getroffen und im Wasser geplanscht, wie ihm der Großvater verraten hatte.

Wie tot das Dorf tatsächlich ist, zeigt sich zum einen an dem geschlossenen Wirtshaus, in dem seine Großeltern so manchen Schweinsbraten mit Knödeln gegessen und dazu ihre Maß Bier getrunken haben. Selbst vom Schild mit dem Namen des Lokals und von der letzten im Aushang befindlichen Speisekarte ist nicht mehr viel übriggeblieben. Zum anderen wird die einzige Bushaltestelle nicht mehr bedient, wobei der Pfahl mit dem aufgesetzten Haltesymbol vor sich hin rostet. Einen Fahrplanaushang gibt es längst nicht mehr.

Das Haus des Großvaters, in dem der Vater seine Kindheit verbrachte, findet Kepler erst nach längerem Suchen. Der erste Eindruck passt ins Gesamtbild des Dorfes. Bei näherer Betrachtung aber wird der erbärmliche Zustand des Anwesens erst so richtig sichtbar. Das alte Fachwerkhaus – es wurde Ende des 19. Jahrhunderts erbaut – muss von Vandalen heimgesucht worden sein, die auf ihrem Eroberungszug Schneisen der Verwüstung hinterlassen haben.

An der Außenfassade fehlt die Haustür, die nach seines Großvaters Aussage mit etlichen Verzierungen versehen war. Die Fensterscheiben beider Etagen wurden komplett eingeschlagen. Von der Außenbeleuchtung baumelt nur die Lampenfassung am herunter hängenden Kabel. Die Lampe selbst ist verschwunden. Und das Dach wurde teilweise abgedeckt.

Im Innern des Hauses wurde die nach oben führende Holztreppe mutwillig beschädigt. In den Räumen des Erd-

und Obergeschosses stockt ihnen gar der Atem: Die Tapeten wurden heruntergerissen. Leere Flaschen und Glasscherben liegen auf dem Boden. Essensreste schimmeln vor sich hin. Zigarettenkippen, Spritzen und Kondome wurden einfach weggeworfen. Türen und Wände wurden mit Graffitis beschmiert. Sogar Spuren von Urin und Fäkalien gibt es.

Draußen in der Einfahrt und im Garten hat sich dichtes Gestrüpp und Unkraut ausgebreitet. Nur das Schild neben dem Eingangstor ist heil geblieben. Der Name der Großeltern ist sogar noch lesbar.

Kepler, Luna und der Chauffeur verlassen sprachlos das Anwesen und kehren zu ihrem Fahrzeug zurück. Die Großeltern würden sich im Grabe umdrehen, wenn sie ihre einstige Bleibe so sehen müssten. Und ihrem Enkel wird dieser Anblick noch lange im Gedächtnis haften bleiben.

Kepler lässt den Wagen noch einmal außerhalb des Dorfes anhalten. Dort, wo sich eine Reihenhaussiedlung befindet. Gemeinsam mit Luna verlässt er das Fahrzeug. Er nimmt ihre Hand und zeigt damit auf das Haus mit der Nummer zweiundzwanzig. Hier war sein Vater mit der ersten Frau eingezogen, nachdem er schon früh sein Elternhaus verlassen hatte. Seine berufliche Planung, eines Tages beim Aufbau einer Mondbasis dabei zu sein, führte aber schon bald zur Trennung und schließlich zur Scheidung der beiden. Solange das Projekt noch auf sich warten ließ, blieb er hier wohnen. Erst als sein Einsatz auf dem Mond beschlossene Sache war, verkaufte er die Immobilie an ein junges Ehepaar mit zwei Kindern. „Wie ich sehe, ist das Haus noch immer bewohnt. Ob es sich um die damaligen Käufer handelt, weiß ich nicht. Meinen Vater habe ich nie danach gefragt. Und der Großvater hatte den Namen der Leute vergessen. Insofern lohnt es sich auch nicht, dort zu klingeln, um einen Blick in das Innere zu werfen. Spuren von meinem Vater dürfte es eh keine mehr geben." Abschließend äußert er noch den Wunsch, den wenige Schritte entfernten Friedhof zu besuchen. Der Chauffeur und die Schattenmänner bleiben zurück. Kepler und Luna fassen sich an den Händen und ziehen los.

Sie betreten den alten Gottesacker durch ein eisernes Tor. Der Weg geradeaus führt zur Kapelle. Auf der linken Seite befinden sich alte Gräber aus dem 19. und 20. Jahrhundert. Die Inschriften auf den Grabsteinen sind meist nur noch zu erahnen. Insgesamt hinterlässt dieser Teil einen reichlich verwilderten Eindruck. Nur der Blumenstrauß auf der steinernen Bodenplatte einer Familiengruft verrät, dass hier wohl Nachfahren erst vor kurzem ihrer Ahnen gedacht haben. Auch er möchte seiner Großeltern väterlicherseits gedenken. Dazu muss er das gemeinsame Grab aber erst finden. Immer wieder muss er an den Großvater denken, der ihm so viel über den Zustand der Erde und die Geschichte seiner Vorfahren erzählt hat. Aber auch an die Großmutter, die er leibhaftig nie erlebt hat. Jetzt liegen beide hier auf diesem Friedhof. Ihr Grab muss auf der rechten Seite sein, wo die Toten der letzten fünfzig Jahre bestattet wurden.

Und tatsächlich. Luna zeigt auf die Stelle, die seit dem Ableben des vor zehn Jahren verstorbenen Großvaters niemand mehr gepflegt hat. Die Inschrift auf dem Grabstein ist noch gut lesbar. Kepler bleibt minutenlang vor dem Grab stehen, während sich Luna diskret zurückzieht. Er betet dafür, dass ihm seine Großeltern vergeben mögen, keine Blumen mitgebracht zu haben. Dann nimmt er endgültig Abschied.

*

Auf der Rückfahrt zum Hotel kommen sie an einer endlos scheinenden Wiese voller Blumen vorbei. Hier bittet Kepler um eine Pause. Die beiden Fahrzeuge halten am Straßenrand an. Luna und er steigen aus. Hand in Hand stürmen die beiden wie Kinder auf die Wiese, springen wie Grashüpfer zwischen den Grashalmen hin und her und lassen sich rücklings in das Grün fallen. Dort zappeln sie eine Weile mit Armen und Beinen wie auf dem Panzer liegende Käfer oder Schildkröten.

Der Chauffeur und die Schattenmänner starren durch die Wagenfenster und wissen gar nicht, wie ihnen geschieht.

Keppler springt plötzlich auf, pflückt ein paar Blumen und fügt diese zu einem Strauß zusammen. Den überreicht er seiner Angebeteten, die von der Spontanität ihres Verehrers überwältigt ist. Dann werfen sie sich wieder rücklings ins Gras. Dessen wesenseigener Geruch hat seine Nase längst erobert.

Luna hat im Haus von Keplers Großeltern gespürt, wie sehr er unter dem Vandalismus leidet. Deshalb hat sie sich in dieser angespannten Situation nicht getraut, näheres über seinen Vater und Großvater in Erfahrung zu bringen. Jetzt, da sie ihn wesentlich gelöster erlebt, sieht sie den passenden Moment dafür gekommen.

Der Chauffeur und die Schattenmänner starren noch immer durch die Wagenfenster und scheinen sich zu fragen, was die beiden da eigentlich treiben. Dabei sollten sie inzwischen begriffen haben, dass das Tummeln auf der Wiese für Kepler nichts Alltägliches ist. Und dass er dieses Vergnügen auf dem Mond wohl schmerzlich vermissen wird.

Die Verliebten haben jedenfalls keine Eile, ihr Paradies aufzugeben. Zumal Luna Kepler dazu überreden kann, etwas über den Vater und den Großvater zu erzählen. Er beginnt mit dem Vater.

Nach Grundschule und Gymnasium studierte er an der Technischen Universität in München Ingenieurwissenschaften. Mit dem Examen in der Tasche bewarb er sich bei ihrer Firma und wurde angenommen. Er landete auf Anhieb in der Münchner Zentrale, wo er als Ingenieur im Forschungsbereich Raumfahrt-Komponenten eingesetzt wurde. Es folgten, wie bereits erwähnt, erste Heirat, Kauf eines Reihenhauses, Scheidung und Verkauf der Immobilie. „Mit Beginn seines Einsatzes auf dem Mond lernte er meine Mutter kennen. Noch bevor sie mich als ersten Menschen auf dem Mond gebar, ging er mit ihr seine zweite Ehe ein. Kurz darauf wurde ihm die Projektleitung eines international besetzten Teams übertragen. Der Tod meiner Mutter, die als erster Mensch auf dem Mond bestattet wurde, hatte ihm lange Zeit zugesetzt. Jetzt hat er sich halbwegs gefangen und stürzt sich mehr denn je in seine Arbeit. Vor allem das Grab meiner Mutter ist der Grund, weshalb er nach dem baldigen Eintritt ins Rentenalter den Mond nicht verlassen will. Nach seinem Ableben möchte er neben ihr die letzte Ruhe finden.“

„Ich kann deinen Vater verstehen.“

Kepler gibt Luna einen Kuss.

„Und dein Großvater? Erzähl mal.“

„Mein Großvater hat mir häufiger aus seinem Leben erzählt. Geboren wurde er im Nürnberger Land. Schon als Kind – lange, bevor er zur Schule ging – bastelte er an allen möglichen Dingen herum, die er in die Finger bekam. Der Techniker steckte schon früh in ihm. In der Grundschule waren dann Rechnen, auf dem Gymnasium Mathematik und Physik seine Lieblingsfächer. So war es nur konsequent, dass er nach dem Abitur ein Ingenieur-Studium an der Technischen Universität in München absolvierte.“ Dann schildert Kepler, wie es mit seinem Großvater weiterging. Dass er sich nach dem Examen bei ihrer Firma bewarb und eine Stelle als Ingenieur im Produktionsbereich Elektroinstallationstechnik des Werks Nürnberg bekam. Dass er schon bald an die Münchner Zentrale weiterempfohlen wurde, wo man ihm die Gesamtleitung des Forschungsbereichs Raumfahrt-Komponenten anvertraute. Dort war er maßgeblich für Entwicklungen verantwortlich, die bei der Mondbesiedlung unverzichtbar waren und die ihm insgesamt zweimal einen längeren Einsatz auf dem Erdtrabanten bescherten. Während dieser Zeit hielt er ständigen Kontakt zu seinem Sohn und seinem Enkel. „Ich war sein ganzer Stolz. Er erzählte mir alles, was er über die Erde, seine Heimat und unsere Vorfahren wusste. Nach seiner Pensionierung nahm er Abschied vom Mond. Im

Grunde genommen auch von seiner Familie, die er nie wiedersah. Er lebte noch fünfzehn Jahre, ehe er das Zeitliche segnete. Das ist jetzt zehn Jahre her. Meine Großmutter, die ich nie kennengelernt hatte, war schon fünf Jahre vor ihm verstorben.“

Während Luna ihn erst liebevoll streichelt und dann küsst, spürt Kepler einen Stich auf dem rechten Arm. Er kann nicht sehen, was ihn gestochen hat. Aber er bekommt plötzlich Atemnot. Er zeigt auf die Einstichstelle, die nur schwach zu erkennen ist. Unterdessen verfärbt sich sein Gesicht. Er hat keine Ahnung, was plötzlich in ihm vorgeht.

Luna ergreift sofort die Initiative, hilft ihm auf die Beine, packt ihn am Arm und schleppt ihn zum Wagen.

Der Chauffeur hievt ihn in sein Fahrzeug.

Kepler beginnt ein wenig zu zittern.

„Er ist gestochen worden.“ Auch Luna zittert jetzt. Aber sie zittert vor Aufregung. „Vermutlich streikt sein Immunsystem.“

Die Schattenmänner werden nervös.

Der Chauffeur beruhigt sie. „Euer Attentäter war wohl eine Mücke. Hoffentlich nicht so ein Biest, das tropische Krankheiten überträgt. Man weiß ja nie, was für ein Ungeziefer die Leute einschleppen. Und das sind nicht immer die Flüchtlinge aus Asien oder Afrika.“

„Wir müssen schnellstens in eine Münchner Klinik. Am besten in die Universitätskliniken.“ Luna zittert noch immer, während sie über Keplers Wangen streicht. „Hab keine Angst. Es dauert nicht mehr lange. Sie werden dir dort helfen. Die haben Erfahrung mit sowas.“

Die Schattenmänner springen in ihren Transporter und fahren mit Blaulicht voraus.

Der Chauffeur folgt ihnen mit dem Firmenwagen.

Luna glaubt, den Grund von Keplers Anfall zu kennen. „Auf dem Mond gibt es keine Mücken. Da kann der Körper auch keine Abwehrkräfte bilden.“

Fünfter Tag

Der Chauffeur – mit Luna an Bord – und drei der vier Schattenmänner parken ihre Fahrzeuge vor den Universitätskliniken.

Kepler, der vorsorglich die Nacht in der Abteilung für Infektions- und Tropenmedizin verbracht hat, verlässt das Klinikgelände. In der Hand hält er einen Beutel. Der vierte, für die Nachtwache eingeteilte Mann der Security folgt ihm.

Luna geht Kepler entgegen, umarmt und küsst ihn. „Wie geht es dir?"

„Sehr viel besser als gestern." Keplers Gesicht hat wieder seine natürliche Farbe angenommen. Auch das von seinen Angstzuständen herrührende Zittern ist vorbei.

„Und kannst du wieder frei atmen?"

„Zum Glück, ja. Dank eines Inhalationssprays und einer Infusion."

„Weißt du inzwischen, was dich gestochen hat?"

„Es war wohl keine Mücke. Eher eine Wespe. Mein Immunsystem war auf Insektenstiche einfach nicht vorbereitet. Aber die intravenös verabreichte Spritze hat dem Gift den Garaus gemacht."

„Was haben sie dir denn gespritzt?"

„Adrenalin, Kortison und Antihistaminika."

„Zeig mal her!" Luna betrachtet seinen rechten Arm. „Wie ich sehe, ist die Einstichstelle noch geschwollen."

„Das ist normal, sagt der Arzt. Das geht mit der Zeit zurück."

„Und was ist in dem Beutel?"

„Ein Notfallset. Nur für den Wiederholungsfall.“

„Hoffen wir, dass dir das erspart bleibt.“ Luna schlägt vor, die geplanten Radfahrübungen mitsamt der Radtour an die Isar auf den Nachmittag zu verschieben. Anstatt in die Pedale, soll er erst mal kürzer treten. Deshalb möchte sie, dass die Fahrt mit der Regionalbahn an den Tegernsee auf den Vormittag vorverlegt wird. Da kann er es etwas geruhsamer angehen.

Kepler ist einsichtig und stimmt zu.

Die beiden gehen zum Wagen und steigen ein. Auch der vierte Mann gesellt sich zu seinen Kollegen. Der Chauffeur zeigt sein Mitleid und stellt ähnliche Fragen wie Luna, während sich der Fahrzeugtross in Bewegung setzt.

*

Kepler und Luna sitzen in der Regionalbahn, die stündlich vom Münchner Hauptbahnhof zum Bahnhof Tegernsee verkehrt. Sein Notfallset steckt in ihrer Handtasche. Ein paar Sitzreihen weiter haben die vier Schattenmänner Position bezogen. Zwischen Start- und Zielort liegen acht Haltepunkte, die über Lautsprecher angesagt werden: die Münchner Stationen Donnersbergerbrücke, Harras und Siemenswerke sowie Holzkirchen, Warngau, Schaftlach, Moosrain und Gmund (Tegernsee).

Kepler spricht mit Luna im Flüsterton. Seine Bewacher sollen nichts mitbekommen. „Das war schon kurios heute Nacht. Ich war noch im Halbschlaf, als hintereinander drei Personen – ich weiß noch nicht mal, ob männlich oder weiblich, weil das Licht ja ausgeschaltet war – in meinem

Zimmer auftauchten, um nach mir zu sehen. Vermutlich wollten sie nur ihre Neugier befriedigen. Weiß der Himmel, woher die von meiner Einlieferung erfahren hatten. Jedenfalls sind die an meinem Bewacher vorbeigekommen. Entweder war der unterwegs, um sich einen Kaffee zu holen. Oder er befand sich in einer Tiefschlafphase."

Luna schüttelt den Kopf. „Mein Gott! Da hätte ja wer weiß wer aufkreuzen können."

„Zum Glück schlief ich nicht fest. Hätte also bei Gefahr Alarm schlagen können."

„Hätte, hätte, jede Wette, trug dich fort ohne Wort."

„Das ist gut. Das ist wirklich gut." Kepler amüsiert sich. Dann schaut er eine Weile aus dem Fenster, ehe er das Gespräch in normaler Lautstärke fortsetzt. „Bayern ist wirklich ein herrliches Land. Und von der oberen Etage eines Doppelstockwagens aus erlebt man die Landschaft noch viel intensiver."

Luna stimmt ihm zu, warnt ihn aber vor Illusionen. Denn auch in Bayern hat der Klimawandel seine Spuren hinterlassen, wie er noch feststellen wird. Was sie nervt, ist die Trödelei der Regionalbahn. Noch dazu der Halt an jedem kleinen Bahnhof. Dabei sind alle Züge – nicht nur die Fernzüge – mit neuester Technik ausgestattet. Und alle sind ans Stromnetz angeschlossen. Nur die Stromübertragung ist eine andere. Die Regionalbahn bezieht ihren Strom nach wie vor über eine Oberleitung. Die Fernzüge hingegen werden induktiv aus der Trasse versorgt. Außerdem unterscheiden sich Design und Serviceangebot. Die Regionalbahn wirkt zeitgemäß, der Service beschränkt sich auf das Notwendigste wie Erste Hilfe, Baby-, Alten- und Behindertenbetreuung. Die Fernzüge geben ein eher futuristisches Bild ab, der Service umfasst Zusatzleistungen wie Bordrestaurant, Fitness-, Digital- und Vergnügungsmodul.

Nach gut einer Stunde Fahrt erreicht der Zug den Bahnhof Tegernsee. Kepler, Luna und die Schattenmänner steigen aus und begeben sich schnurstracks zur Uferpromenade. Viel Zeit bleibt ihnen nicht, wenn sie später noch in der Isar baden wollen. Aber dieses Highlight darf sich Kepler nicht entgehen lassen. Als der See endlich vor ihnen liegt und die Bayerischen Alpen im Hintergrund auftauchen, verschlägt es ihm sprichwörtlich die Sprache. Er weiß zwar noch, wie sein Großvater von diesem Anblick geschwärmt hat. Aber mit einem derart faszinierenden Panorama hat er nun doch nicht gerechnet. Zumal der Klimawandel auch vor solch einer idyllischen Kulisse nicht unbedingt halt macht. Er atmet mehrmals kräftig ein und aus. Will erst mal seine Lunge mit frischer Seeluft versorgen.

Seine Bewacher müssen sich jetzt in Geduld üben. Er nimmt mit Luna auf einer der noch unbesetzten Promenadenbänke Platz. Er umarmt und küsst sie. Richtet aber immer wieder den Blick auf See und Gebirge. Erst, als er in Richtung Süden die mächtige Anlage der ehemaligen Benediktinerabtei Kloster Tegernsee und gegenüber, am Südostufer, die Kirche in Rottach-Egern mit dem schlanken Turm wahrnimmt, hat er sich an dem Rundblick satt gesehen.

Zur Freude der Schattenmänner erhebt er sich endlich und hilft Luna von der Bank hoch. Er hat aber noch keine Lust, in Richtung Ortsmitte zu gehen. Stattdessen zieht er seine Sandalen aus und krempelt die Hosenbeine hoch.

Dann lässt er sich an der Uferkante nieder und taucht die Beine ins Wasser. Es vergeht fast eine Viertelstunde, bis seine nackten Füße von dem kühlen Nass genug abbekommen haben. Seine Begleiter laufen schon unruhig auf und ab.

Schließlich können sie aufatmen. Er verlässt seinen Uferplatz, nimmt die Sandalen in die Hand und läuft barfuß – Luna und die Schattenmänner im Gefolge – bis zum Kloster Tegernsee, wo er die inzwischen getrockneten Füße wieder mit seinem Schuhwerk versieht. Gemeinsam kehren sie im Bräustüberl ein. Der Biergarten ist leider restlos besetzt. Also müssen sie in den Keller ausweichen. Doch das ist kein Nachteil. Ganz im Gegenteil. Der urige Raum mit dem Gewölbe und den hölzernen Tischen und Stühlen ist allein schon den Besuch wert. Und die bestellte ein Viertel ofenfrische Bauernente mit Kartoffelknödl und Blaukraut samt dem selbstgebrauten Bier ist gar eine Offenbarung.

*

Kepler, Luna und die Schattenmänner leihen sich Fahrräder. Die Mietzentrale liegt in der Nähe der Isar. Auf einem großen Platz können probeweise ein paar Runden gedreht werden. Für Kepler eine ideale Gelegenheit, das Radfahren zu erlernen. Er entscheidet sich für ein Damenrad. Denn falls er die Balance verliert und bremsen muss, fällt es ohne Oberrohr leichter, mit den Füßen den Boden zu berühren. Schon beim ersten Versuch stellt er fest, dass diese Art von Fortbewegung gar nicht so einfach ist. Auch weitere Anläufe, mit dem Treten in die Pedale ins Rollen zu kommen, scheitern. Immer wieder gerät er ins Straucheln. Dann muss er entweder den Rücktritt oder die Handbremse betätigen, um stehenbleiben und sich auf den Beinen halten zu können. Luna greift hin und wieder nach dem Gepäckträger und läuft ein Stück des Weges hinter ihm her. Aber auch bei dieser Variante sind einige Versuche nötig, bis das Radfahren endlich ohne fremde Unterstützung klappt.

Die Radtour entlang der Isar kann beginnen. Die Schattenmänner entscheiden sich für traditionelle Fahrräder, um sie gleich als Fitnessgeräte zu nutzen. Kepler und Luna ziehen E-Bikes vor, obwohl die gewählte Strecke nicht gerade als kräftezehrend gilt.

Fahrräder im Stadtverkehr sind mittlerweile das Hauptverkehrsmittel. Wer seine Kräfte schonen will, greift zur Elektroversion. Wer es lieber sportlich mag, verzichtet auf zusätzliche Hilfe und wählt das historische Vorbild. Wer kein eigenes Fahrrad besitzt, kann an Leihstationen das gewünschte Modell mieten. Hier werden auch Reparaturen, das Aufpumpen der Reifen sowie das Aufladen der Batterien angeboten.

In Großstädten – vor allem in den Metropolen – rollt der Radverkehr nicht mehr auf den früher üblichen Radwegen, sondern auf eigens dafür errichteten Highways. Diese sind nach Fahrtrichtungen getrennt und kreuzungsfrei oder mit Kreisverkehr angelegt. Die früher üblichen Radwege – mit und ohne Ampelverkehr – sind nur noch in Kleinstädten und auf dem Land zu finden.

An markanten Punkten befinden sich Parkstationen mit einer Vielzahl von Fahrradtresoren. Ähnlich einem Schließfach lässt sich jeweils ein Rad in den Tresor hineinschieben und von außen sicher verschließen. Zu den markanten Punkten zählen: Behörden und Unternehmen. Zentren für Einkauf, Freizeit, Bildung und Gesundheit. Sowie touristische Einrichtungen wie Sehenswürdigkeiten, Hotels und Restaurants.

Nach einer Viertelstunde leichten Radelns erreichen Kepler, der sich erstaunlich sicher fortbewegt, Luna und die Schattenmänner die fünf Kilometer weiter abwärts an der Isar gelegene Stelle, die sich vorzüglich zum Baden eignet. Seine Bewacher bleiben – in Sichtweite zum Badestrand – an einem schattigen Ort unter Bäumen zurück. Dort passen sie auch auf die Fahrräder und Lunas Handtasche auf.

Zum ersten Mal sieht Kepler einen Fluss. Und er wird auch gleich auf die lauernden Gefahren hingewiesen. Dass das Baden nur an bestimmten Stellen erlaubt ist. Und dass Baden und Bootfahren bei Hochwasser generell verboten sind. Weil wegen der hohen Fließgeschwindigkeit und des mitgeführten Treibguts Lebensgefahr besteht. Er, der nicht schwimmen kann, nimmt diese Warnungen besonders ernst.

„Bei diesem Wasserstand kannst du bedenkenlos schwimmen." Luna hat ihm eine Badehose besorgt.

„Ich kann ja gar nicht schwimmen. Auf dem Mond kann man nicht mal im Staub baden. Jedenfalls nicht ohne Raumanzug."

„Das lernst du schneller als du denkst. Vertrau mir einfach. Und wenn es nicht klappt, kannst du immer noch in dem relativ flachen Wasser plantschen. Du wirst sehen, es wird dir viel Spaß machen.“

An diesem fast dreißig Grad heißen Tag tummeln sich viele Münchner am Isarstrand. Die Badegäste liegen nur ab und zu im Sand. Meist suchen sie das kühle Nass auf.

Kepler sieht zwar, wie ungeniert und fast hüllenlos mancher Neptun oder manche Nixe den Fluss als Bühne nutzt. Und das, obwohl Nacktbaden hier offiziell untersagt ist. Dennoch zieht er es vor, sich hinter ein paar Büschen seiner Kleidung zu entledigen, um Lunas mitgebrachte Badehose anzuziehen. Dann wagt er sich aus der Deckung, legt seine Sachen nah am Wasser ab und steigt in die Fluten der Isar, die diesmal eher einem Rinnsal als einem reißenden Fluss gleicht.

Luna, bekleidet mit einem knapp geschnittenen Bikini, ist bereits ein paarmal hin und her geschwommen. Als sie Kepler im Wasser entdeckt, bespritzt sie ihn, umarmt und küsst ihn. Dieses Spiel wiederholt sie mehrfach. Nach den letzten Spritzern zieht sie an der Vorderseite seiner Badehose, bis sie ein Stück weit geöffnet ist und sein Allerheiligstes freigibt. „Die Hose passt dir sogar.“

Kepler ist verlegen geworden, rafft sich aber auf und öffnet mutig die Vorderseite ihres Bikini-Oberteils, dessen zwei Körbchen von einem Klettverschluss zusammengehalten werden. „Herrlich, dieser Anblick.“ Dann verbindet er die beiden Körbchen wieder miteinander.

„Anfang dieses Jahrhunderts galt unsere Art von Neugier schon als sexuelle Belästigung.“ Luna bespritzt ihn von neuem. „Was ja letztendlich dazu führte, dass sich die Geschlechter aus dem Weg und die Anzahl der Geburten in den Keller gingen.“ Sie wirft noch einmal einen Blick ins Innere seiner Badehose. „Erst als die Völkerwanderung Europa überrollte und der Alten Welt einen inflationären Babyboom bescherte, besannen sich die Deutschen und ihre europäischen Nachbarn auf die eigene Sexualität. So ändern sich die Zeiten.“

Auch Kepler kann der Versuchung nicht wiederstehen und lüftet Lunas Geheimnis, indem er das Innenleben ihres Bikini-Unterteils betrachtet.

„Das alles wirst du auf dem Mond vermissen.“

„Noch bleibt mir ja etwas Zeit.“

„Wie wär es bei mir zuhause? Nach unserem Münchner Ausklang im Englischen Garten?“

Kepler nickt.

„Da kannst du zeigen, was du drauf hast.“ Luna lacht.

Die Schattenmänner haben von all dem nichts mitbekommen. Zu groß war die Entfernung, um Einzelheiten erkennen zu können. Und Ferngläser haben sie nicht dabei.

Luna schwimmt noch ein paarmal hin und her. Dann zeigt sie Kepler, wie er sich bewegen muss, um an der Wasseroberfläche zu bleiben.

Aber selbst mehrere Versuche führen nicht zum Erfolg, was zum Teil an seiner Atemtechnik liegt. Auch die hektischen Bewegungen seiner Arme und Beine tragen zu dieser Schlappe bei. Am Ende gibt er auf. „Tut mir leid, Luna. Was das Schwimmen angeht, muss ich kapitulieren.“

„Macht nichts. Hauptsache, du kapitulierst heute Abend nicht.“

Am frühen Abend spazieren Kepler und Luna durch den Englischen Garten. Der nördliche Teil des Parks – einst ein Hirschgehege – besitzt eher Waldcharakter und entwickelte sich zu einem Naturreservat. Hier findet man verschiedene Arten von Vögeln, Insekten, Amphibien, Schnecken und kleinen Säugetieren wie Feldhasen, Wildkaninchen, Füchse, Igel und Eichhörnchen.

Luna weist Kepler darauf hin, dass der Klimawandel nicht nur – wie an der Isar – für Trockenheit samt Wassermangel sorgt, sondern auch für zunehmendes Artensterben verantwortlich ist. Mit den Waldbränden, dem Besprühen der Felder mit Pflanzenschutzmitteln, den Überschwemmungen und dem nach wie vor maßlosen Flächenverbrauch wird der Tier- und Pflanzenwelt die Lebensgrundlage entzogen.

Kepler hat Glück, dass er wenigstens einige Tiere zu Gesicht bekommt. Außer ein paar Vögeln wie Amseln, Finken, Meisen und Spatzen, die entweder hin und her fliegen oder von Ast zu Ast springen oder – ihre Lieder trällernd – in den Baumkronen sitzen, laufen ihm nur ein Wildkaninchen, das im Zickzackkurs über die Wiese hoppelt, und ein Eichhörnchen über den Weg. Letzteres erklimmt mit hoher Geschwindigkeit und ungeheurer Geschmeidigkeit die Baumstämme samt ihren Ästen und hangelt sich akrobatisch von einem Zweig zum andern. Ferner entdeckt er inmitten blühender Sträucher ein ständig hin und her fliegendes und unaufhörlich summendes Bienenvolk. Hier hält er gebührenden Abstand, um nicht ein weiteres Mal gestochen zu werden. Obwohl er inzwischen weiß, dass die stachelbewehrten Flugkünstler weder angreifen noch stechen, solange sie sich nicht bedroht fühlen.

Im südlichen Teil des Parks fallen vor allem die Bauwerke auf: Das im klassizistischen Stil erbaute Rumfordhaus. Der einer Pagode ähnelnde Chinesische Turm. Der Rundtempel Monopteros. Die Steinerne Bank. Und das Japanische Teehaus. Dieser Bereich ist aus ökologischer Sicht eher uninteressant. Dafür sorgen die vielen Besucher, die sich auf den weitläufigen Wiesen mit dem alten Baumbestand vergnügen.

Kepler und Luna beenden ihren Spaziergang am Chinesischen Turm. Mit siebentausend Sitzplätzen ist der Biergarten der zweitgrößte in München. Freie Plätze gibt es noch genug. Sie bestellen zwei Wammerl und zwei Maß Bier. Der Blick mitten hinein in die Besucherschar lohnt sich. Europäische Gesichter, die sich kaum voneinander unterscheiden – allenfalls die Südländer bilden eine Ausnahme – vermischen sich mit denen von Schwarzafrikanern, Arabern, Indern, Chinesen und Japanern. Schwule und Lesben sitzen neben heterosexuellen Paaren. Elegant oder leger gekleidete Leute sind ebenso zu sehen wie gammlige Typen und schräge Vögel. Und natürlich gibt es jede Menge trinkfreudiger Gesellen, deren unterschiedliche Gesichtszüge die jeweilige Höhe des Alkoholpegels wiederspiegeln.

Kepler ist froh, dass er vom Hype der Massen, den ihm sein Vater vorausgesagt hatte, bisher verschont geblieben ist. Dabei hatten die Medien ausführlich über ihn berichtet und auch Fotos von ihm gezeigt. Doch die Menschen haben sich sein Gesicht nicht eingeprägt. Dafür hätte er wohl häufiger in den Zeitungen und auf den Bildschirmen erscheinen müssen. Und ein sofort ins Auge fallendes grünes Männchen ist er nun mal nicht. Hinzu kommt die in Großstädten und besonders in Metropolen wie München herrschende Anonymität. Der einzelne Bürger ist nur ein Rädchen im Getriebe. Da merkt man sich einzelne Gesichter nicht. So bleibt es beim Massenauflauf am Weltraumbahnhof, dem er zum Glück entkommen konnte. Und beim seltsamen nächtlichen Vorfall in der Klinik.

Obwohl die Zeiger der Uhren ihre letzten Abendrunden drehen, sinken die in Grad Celsius gemessenen Temperaturen – trotz der eintretenden Dämmerung – nur geringfügig. Und während sie sich noch an ihrem Wammerl abarbeiten und die gekühlte Maß Bier durch ihre durstigen Kehlen fließen lassen, schaut Luna zum Himmel hinauf und entdeckt die auftauchende Mondsichel. „Da oben lebst du also.“

Kepler schaut sie irritiert an. Dann dreht er sich um und starrt auf den zunehmenden Mond.

„In ein bis zwei Stunden, wenn es finster wird, leuchtet deine Heimat wie ein Lampion am Himmel.“

Kepler lässt den Mond nicht aus den Augen.

„Ab morgen sind wir in Nürnberg. Wenn wir ein paar Tage später die Fränkische Schweiz besuchen und auf das Walberla blicken, haben wir wahrscheinlich Vollmond.“

Die Mondsichel scheint Kepler zu hypnotisieren.

Luna fällt in diesem Moment ein, dass sie noch ein paar offene Fragen zur Mondbesiedlung hat. Zum Beispiel wie Atemluft und Trinkwasser erzeugt werden.

Kepler bemüht sich um einfache Erklärungen. Dass Sauerstoff zum Atmen aus natürlichen Vorkommen gewonnen wird. Dass zu diesen auf dem Mond teils mehr, teils weniger vorhandenen Rohstoffen feinste Körnchen aus Wassereis, gefrorene Gase und vor allem Mondstaub zählen. Dass Letzterer allerdings in Form von Sand sehr fest gebunden ist, so dass er mit Hilfe der Vakuum-Pyrolyse auf etwa zweitausendfünfhundert Grad erhitzt werden muss. Weshalb an einfacheren Verfahren noch geforscht wird. Dass beim Trinkwasser die begrenzt verfügbaren Wassermengen sparsam eingesetzt werden. Dass nach dem Duschen oder Händewaschen, aber auch nach dem Urinieren jeder Tropfen wiederverwendet und in einer Kläranlage gereinigt wird. Und dass dies selbst für den in Raumanzügen anfallenden Schweiß gilt.

„Wie oft werde ich hier wohl sitzen, zum Himmel hinaufschauen, den Mond betrachten und daran denken, dass du da oben auf mich herabschaust. Und wie oft werde ich wohl davon träumen, dass du dich auf den Weg zur Erde machst und mich in deine Arme nimmst.“

Kepler rückt näher an Luna heran, umarmt und küsst sie. Derart romantisch hat er sie noch nie erlebt. Den Mond aber behält er weiterhin im Visier. Und die Schattenmänner ihn.

*

Kepler nimmt vorerst Abschied von München. Nicht von Luna, die ihn auch weiterhin begleiten wird. Und mit der er noch manches Schäferstündchen verbringen wird. Heute in ihrer Wohnung. An den verbleibenden Tagen in den Hotels in Nürnberg, in Berlin und auf Norderney.

Bei ihrem Rendezvous im flachen Wasser der Isar – gekrönt von neugierigen Blicken auf die Kleinodien des menschlichen Körpers – konnten sie ihre Scham ablegen, so dass die Nacktheit jetzt keine Berührungsängste mehr schürt und der Akt im Bett zum Natürlichsten auf der Welt avanciert. Der Zärtlichkeit – unterbrochen von leidenschaftlichen Küssen – folgt eine kleine Kissenschlacht. Dann endlich beginnt der Geschlechtsakt, der sich vom Vorspiel über das sexuelle Verlangen bis zum Orgasmus als Höhepunkt hinzieht. Die Initiative ergreift Luna, die Kepler in die klassischen Sexualpraktiken einführt, wie sie von alters her zwischen Mann und Frau gepflegt werden. Er selbst ist reichlich unbedarft. Auf dem Mond hat er im Umgang mit Frauen weder theoretische Kenntnisse noch praktische Erfahrungen sammeln können.

Die beiden gehen gemeinsam unter die Dusche und spritzen sich gegenseitig voll. Jeder seift den anderen ein, spült den Schaum vom Körper, streichelt die vor Nässe triefende Haut, küsst diese selbst an den intimsten Stellen und trocknet selbige mit einem Handtuch ab. Dann huschen sie noch einmal ins Bett.

Kepler nimmt Luna in den Arm und küsst sie.

Sie küsst ihn.

Dann erzählt sie ihm, dass der Sex inzwischen in Dimensionen vorgestoßen ist, die man als pervers bezeichnen kann. Da wird ein humanoider Roboter oder eine voll auf Liebe programmierte Sexpuppe zum Partner genommen. Da kann man Orgasmen per App erzeugen. Und da kann man mit der 3D-Brille Berührungen und Streicheleinheiten in der virtuellen Realität vornehmen. „Das ist doch krank."

„O ja. Wie schön, dass du ein reales Objekt der Begierde bist."

„Dito."

Die vor dem Haus wartenden Schattenmänner werden allmählich ungeduldig.

Sechster Tag

In München herrschen an diesem Morgen noch immer die mediterranen Temperaturen vom Vortag. Nur einmal zeigte der Himmel seine dunklere Seite. Aber nur für kurze Zeit und ohne einen Regentropfen. Dabei wäre gerade Letzteres ein Segen. Nicht nur für die hitzegeplagten Menschen, sondern auch für die durstige Flora und Fauna.

In der klimatisierten Eingangshalle des Hauptbahnhofs finden sich viele Menschen ein. Die einen warten auf ankommende Familienangehörige, Freunde oder Geschäftspartner. Die anderen wollen selbst verreisen. Sei es privat oder beruflich. Wieder andere haben irgendetwas zu erledigen. Wollen zum Beispiel eine Zeitung kaufen. Und der Rest sucht einfach nur Abkühlung.

Inmitten dieses Gewusels verabschiedet sich Kepler vorübergehend vom Vorstandsvorsitzenden seines Arbeitgebers. Luna, der Chauffeur und die Schattenmänner begleiten ihn nach Nürnberg. Dort werden ihnen vom Werk bestellte Mietwagen zur Verfügung gestellt.

In der Eingangshalle breitet sich auf beiden Seiten das Reise-Center aus. Dazu zählen: Info- und Ticketschalter, vor allem aber Fahrkartenautomaten. Gepäckschalter und Schließfächer. Lounge für Business-Class-Fahrgäste und allgemein zugängliche Warteräume. Luna hat bereits im Voraus sämtliche Fahrkarten besorgt. Das Gepäck wurde kurz zuvor vom Chauffeur aufgegeben.

Die Abfahrten der nächsten Fernzüge – unter anderen des über Nürnberg nach Berlin fahrenden Zuges – werden auf digital gesteuerten Anzeigetafeln und über Lautsprecher mit Uhrzeit und Gleis bekanntgegeben. Kepler und seinen Begleitern bleibt noch eine gute Viertelstunde. Dennoch wechseln sie von der Eingangshalle zur Haupthalle des Hauptbahnhofs. Wer jetzt noch etwas besorgen möchte, kann dies hier tun.

In der Haupthalle befindet sich das Service-Center mit Geschäften, Gastronomie und sonstigen Einrichtungen. Geschäfte gibt es für Reisebedarf, Geschenke, Blumen, Bücher und Zeitschriften. Die Gastronomie bietet Imbissstände, einen Pub, eine Weinstube, eine Bar sowie Wasserautomaten. Und zu den sonstigen Einrichtungen zählen Friseur, Kosmetiksalon, Kinderhort, Babywickelraum, Fitnessstudio, Sauna, Ruheraum und Toiletten.

Von der Haupthalle aus führen Sicherheitsschleusen zum überdachten Kopfbahnhof mit seinen zweiunddreißig Gleisen. Zugang erhält nur, wer über keine negativen Eintragungen auf seinem eingepflanzten Chip verfügt und eine gültige Fahrkarte besitzt. Wer abgewiesen wird, aber eine gültige Fahrkarte vorlegen kann, muss eine Leibesvisitation über sich ergehen lassen. Kepler und sein Gefolge sind startklar und begeben sich schließlich zu einer der Sicherheitsschleusen. Alle können problemlos passieren. Auch Kepler, der statt mit einem Chip mit einer Sondererlaubnis ausgestattet ist. Dann orientieren sie sich in Richtung des Gleises, an dem ihr Fernzug über Nürnberg nach Berlin abfährt.

Zum Kopfbahnhof gehören außer dem Hauptbahnhof noch der Holzkirchner Bahnhof und der Starnberger Flügelbahnhof. Während vom Hauptbahnhof aus Fernzüge zu

Zielen in Deutschland und Europa fahren, verkehren von den beiden anderen Bahnhöfen Regionalbahnen nur innerhalb Bayerns. Den Münchner Nahverkehr bedienen S- und U-Bahnen. Die S-Bahn vom Tiefbahnhof, die U-Bahn vom Bahnhof im zweiten Untergeschoss aus.

Der Fernzug über Nürnberg nach Berlin fährt pünktlich ein. Es handelt sich um einen fast dreihundert Meter langen, zwölfteiligen, darunter aus sieben Doppelstockwagen bestehenden, bis dreihundert Stundenkilometer schnellen und nahezu geräuschlosen Ultrahochgeschwindigkeitszug mit siebenhundertfünfzig Sitzplätzen in der Economy und zweihundertfünfzig in der Business Class. Außer den beiden Laufwagen am vorderen und hinteren Ende des Zuges gibt es noch drei Modulwagen: Ein Gastronomiemodul mit Bordrestaurant und Stehcafé. Ein Sportmodul mit Fitnessraum nebst Fahrradabteil. Und ein Digitalmodul mit Internetstudio und Spielsalon.

Kepler, Luna und ihre Begleiter steigen in den Waggon mit den reservierten Sitzplätzen nach Nürnberg. Als Business-Class-Fahrgäste nehmen sie die nach oben führende Treppe und lassen sich in bequemen Sesseln nieder, die bei Bedarf von der Ausgangs- in die Komfortlage bewegt werden können. Der Chauffeur beginnt, auf seinem E-Book-Reader ein Buch zu lesen. Die Schattenmänner, die sich an anderer Stelle postiert haben, um Kepler möglichst diskret im Auge zu behalten, sind mit ihren mobilen Allzweckgeräten beschäftigt oder lauschen per Kopfhörer ihrer Lieblingsmusik. Kepler kommuniziert lieber mit Luna, die ihn mit weiteren Informationen über den Fernzug versorgen soll. Später bleibt ihm noch genügend Zeit, einen Blick durchs Wagenfenster nach draußen zu werfen.

Wie alle anderen behält Kepler seine Jacke an. „Es ist angenehm kühl hier drinnen.“

„Ohne Klimaanlage würde man es gar nicht aushalten.“ Auch Luna ändert nichts an ihrem Outfit. „Die Bahn hat sich mächtig ins Zeug gelegt. Sowohl das Belüftungs- als auch das Beleuchtungskonzept kommen bei den Passagieren gut an.“

„Beleuchtungskonzept?“

„Ja. Frühmorgens und spätabends, wenn es draußen finster ist, werden die Waggons innen anders beleuchtet als bei Tageslicht. Wobei es auch tagsüber Unterschiede gibt. Je nachdem, ob die Sonne scheint, Wolken den Himmel bedecken oder Regenwetter herrscht, werden unterschiedliche Farbtöne gewählt.“

„Keine schlechte Idee.“ Kepler hat bei der Einfahrt des Zuges Waggons mit der Aufschrift ‚Modulwagen‘ gesehen und möchte nun wissen, was es damit auf sich hat.

Luna erklärt ihm, dass diese ebenfalls zur neuen Bahnphilosophie gehören, wobei drei Modulwagen zu unterscheiden sind: Der erste Modulwagen dient als Bordrestaurant, wo frisch zubereitete Speisen und eine Auswahl an Getränken an Vierertischen serviert werden. Was sich preislich allerdings an der oberen Grenze bewegt. Im Gegensatz zum dazugehörigen Stehcafé, in dem Imbiss und Umtrunk deutlich günstiger zu haben sind. Ähnlich preiswert, aber am bequemsten ist der Bordservice, der Reisende mit einem Servierwagen an ihrem Sitzplatz mit Snacks und Getränken versorgt. Der zweite Modulwagen enthält einen Fitnessraum. Hier können sportlich Aktive an verschiedenen Geräten trainieren und hinterher sogar duschen. Ein getrenntes Abteil dient als Abstellraum für Fahrräder.

„Wer nutzt denn sowas? Ich meine die Fitnessgeräte. Soviel Zeit bleibt einem doch gar nicht bei der Geschwindigkeit des Zuges."

„Wenn du wüsstest, wie viele Leute sich jede freie Minute schinden, um wenigstens ein paar Kilo loszuwerden. Mittlerweile ist hierzulande jeder zweite Bürger fettleibig. Egal, ob Mann oder Frau."

Kepler schüttelt den Kopf.

Luna fährt fort, indem sie auf die Zweiteilung des dritten Modulwagens eingeht. In der einen Hälfte befindet sich ein Internetstudio. Geschäftsreisende können hier ungestört vertrauliche Informationen auszutauschen. Selbst auf den reservierten Plätzen in der Business-Class ist dies kaum noch möglich, weil die Neugier vieler Passagiere immer unerträglicher wird. In der anderen Hälfte – dem Spielsalon – halten sich meist jüngere Privatreisende auf, die an Spielkonsolen mit Gewalt verherrlichenden Wettkämpfen zugange sind oder an Spielautomaten ihr Geld verhökern.

Kepler schüttelt erneut den Kopf.

Luna schaut aus dem Fenster. „Oh, es geht los."

Der Fernzug setzt sich langsam in Bewegung, nimmt aber schon Sekunden später volle Fahrt auf.

Auch Kepler blickt jetzt nach draußen. „Der hat ja ein ganz schönes Tempo drauf."

Luna fügt noch hinzu, dass Konzepte und Modulwagen nicht die einzigen Neuerungen in den Fernzügen sind. Dass zusätzlich spezielle Abteile eingeführt wurden, die auf die Doppelstockwagen verteilt sind. So wechseln sich Abteile für Babys mit Wickeltisch, für Kleinkinder mit Spielecke sowie für Behinderte mit Rollstühlen und Sitzplätzen für Begleitpersonen untereinander ab. Ein Abteil für das Bahnpersonal komplettiert das Ganze.

„Und wo bleiben die Mondbewohner?“ Kepler sieht Luna an, als würde er die Frage ernst meinen.

„Grüne Männchen hätten vielleicht einen eigenen Käfig.“

Beide lachen.

Kepler interessiert sich jetzt für die Sicherheit in den Zügen. Er denkt zum Beispiel an Leute, die sich unerlaubt Zutritt zu den Gleisen verschaffen, in einen Zug eindringen und Amok laufen oder mit dem Zünden einer Bombe drohen.

Luna zuckt mit den Schultern.

Der Chauffeur hat die Frage mitbekommen. Er erklärt, dass zunächst nur Stellen dafür infrage kommen, an denen es keine Sicherheitsschleusen gibt. Das betrifft lediglich offene Zugänge wie die aus dem Bahnhof hinausführenden Gleise. Dringt der Täter an einem dieser neuralgischen Punkte in die Gleisanlagen ein, aktiviert er eine Lichtschranke, die sofort Alarm auslöst. Das wiederum führt zur automatischen Schließung der Wagentüren sämtlicher an den Gleisen stehenden Züge. Das heißt, in den Zügen kann erst mal gar nichts passieren. Parallel dazu wird er von der nächstgelegenen Videokamera erfasst und mit Hilfe einer Drohne bis zum Eintreffen der Bahnpolizei in Schach gehalten.

Eine Mitarbeiterin der Bahn kommt mit einem Servierwagen und bietet Snacks und Getränke an. Kepler, Luna und der Chauffeur entscheiden sich für einen Kaffee. Die junge Frau füllt drei Becher und reicht sie ihnen. Dann zieht sie weiter.

Luna fällt ein, dass noch zwei andere Dinge erwähnenswert sind, die neben ihren Sesseln zu finden sind: Erstens ein Anschluss ins digitale Netz, über den man entweder surfen oder Musik hören kann. Und zweitens ein roter Notrufknopf, über den man einen Feueralarm melden oder Erste Hilfe anfordern kann.

Kepler möchte abschließend wissen, was es mit den Anzeigetafeln an den Rückwänden der Waggons auf sich hat.

Luna erwidert, dass es sich um sogenannte Info-Screens handelt. „Wenn du etwas zu deinem Reiseziel wissen möchtest, musst du die Felder ‚Ortsnamen‘ und ‚Thema‘ berühren, um die gewünschten Informationen zu erhalten. So kannst du zum Beispiel nach Nürnberger Hotels, Restaurants, Taxen, Mietwagen, öffentlichen Nahverkehrsmitteln oder lokalen Wetteraussichten suchen. Du kannst aber auch über ein anderes Feld aktuelle Nachrichten abfragen. Für Ausländer gibt es sogar zusätzliche Übersetzungshilfen.“

„Gibt es auch Fahrplanauskünfte?“

„Nein. Die kannst du live auf Monitoren verfolgen.“ Luna zeigt auf einen unter der Wagendecke hängenden Bildschirm. „Da siehst du alle Informationen zu unserem Zug nach Berlin mit Ankunftszeiten und Anschlussverbindungen. Vor dem nächsten Zwischenhalt in Ingolstadt und später vor der Ankunft in Nürnberg werden die gleichen Informationen für diese Bahnhöfe eingeblendet.“

„Da kann ja nichts mehr schief gehen.“

„Du hast wohl Angst, dass wir den Ausstieg verpassen. Keine Sorge. Ich bin ja bei dir.“

Der Chauffeur meldet sich nochmals zu Wort. Er meint, dass Kepler der Vollständigkeit halber noch wissen sollte, welche strikten Verbote die Bahn in ihren Zügen erlassen hat. Auch wenn er davon nicht betroffen ist. Dass das Rauchen, der Konsum von Alkohol und Drogen sowie die Mitnahme von Tieren und Waffen nicht erlaubt sind. Und dass bei Missachtung saftige Strafen drohen.

Kepler hat jetzt keine weiteren Fragen mehr.

Der Fernzug ist seit zwanzig Minuten unterwegs.

Kepler blickt abwechselnd durchs Fenster und auf Luna, deren Schönheit ihn betört. Dabei verwirren ihn die ständigen Szenenwechsel. Auf der einen Seite die realen Bilder, an denen der Zug in hohem Tempo vorbeirauscht. Auf der anderen die in seinem Kopf auftauchenden Erinnerungen an die herrliche Nacht, die er mit Luna im Bett verbracht hat. Während Letzteres Glücksgefühle in ihm auslöst, gibt der im Zeitraffer ablaufende Film außerhalb des Zuges eher ein Bild des Jammers ab. Er erlebt, wie Klimawandel, Landflucht und Umweltschäden dem Blauen Planeten zusetzen.

In der Region südlich der Donau fallen ihm zwar die gepflegten Anwesen in den meisten Dörfern und Kleinstädten auf. Ganz anders, als er dies im Dorf seines Vaters und Großvaters erlebt hat. Nur Menschen sind angesichts der Gluthitze kaum zu sehen. Wie heiß es tatsächlich ist, verraten die heruntergelassenen Rollläden beziehungsweise geschlossenen Fensterläden. Deutlich sind die Schäden in den von Trockenheit geplagten Gärten, auf Feldern und in Wäldern zu erkennen. Alles was grün sein müsste, ist stellenweise braun.

Der Chauffeur sieht Keplers skeptischen Blick. „Im Moment wird Sie vieles erschrecken. Aber es gibt einen kleinen Silberstreif am Horizont, der durchaus eine Kehrtwende einleiten könnte." Er erklärt, dass die häufiger und intensiver scheinende Sonne für mehr Strom sorgen wird. Dass der steigende Meeresspiegel den Transport von entsalztem Wasserüberschuss über Pipelines ermöglichen wird. Dass sich in Dörfern Seniorenresidenzen ansiedeln werden, während Bauernhöfe Aktivurlaub für die ganze Familie anbieten. Und dass die Renaturierung zum Rückbau von versiegelten Flächen und begradigten Flüssen, zur Aufforstung neuer Wälder sowie zur ökologischen Bewirtschaftung der Felder ohne Pestizide führen wird.

In Ingolstadt hält der Fernzug. Einige Fahrgäste steigen aus, andere ein. Von Großstadttrubel keine Spur. Die Hitze scheint alle zu lähmen. Der Zug fährt schließlich wieder ab.

Auf der Strecke nördlich der Donau bis südlich des Mains zeigt sich ein ganz anderes Bild. Einige Höfe und Häuser gleichen zwar denen südlich der Donau. Andere hinterlassen dafür einen mehr oder weniger renovierungsbedürftigen Eindruck. Wieder andere sind fast schon verfallen und stehen leer. Aber es gibt auch Höfe, auf denen Stall- und Feldarbeit mangels Personal von autonom arbeitenden Maschinen erledigt wird. So entdeckt Kepler einen auf einem Traktor sitzenden Roboter. Im Gegensatz zur

Region südlich der Donau tauchen hier allerdings häufiger Menschen in der Öffentlichkeit auf. Das Leben spielt sich bei angenehmeren Temperaturen überwiegend im Freien ab. Die Leute sitzen leicht bekleidet unter ausgefahrenen Markisen auf Balkonen oder Terrassen. Oder sie vergnügen sich unter Sonnenschirmen in Biergärten oder Straßencafés.

Während der Chauffeur mehr auf die Lichtseiten des Klimawandels fixiert ist, hat Luna eher die Schattenseiten im Visier. Als Mitglied einer Bürgerinitiative, die sich für mehr Umweltschutz engagiert, redet sie entsprechend Tacheles. So gibt sie Kepler zu verstehen, dass die Natur sicherlich ihren Teil zu den Umweltschäden beiträgt. Dass zum Beispiel Dürre, Hagelschlag oder Frosteinbruch für Ernteschäden sorgen. Dass Orte und Landschaften durch Starkregen, Hochwasser, Erdbeben oder Vulkanausbrüche verwüstet werden. Und dass Wälder von Blitzeinschlägen, Stürmen oder Schädlingen in Mitleidenschaft gezogen werden. Dass die weitaus meisten Umweltschäden aber vom Menschen verursacht werden. Dass Luft-, Boden- und Gewässerverschmutzung immer noch durch Ammoniak, Radioaktivität, Schwermetalle, Chemikalien und Abwässer entstehen sowie auf Altlasten früherer Verunreinigungen beruhen. Dass auch der Landschaftsverbrauch durch Flächenversiegelung noch nicht überall eingedämmt werden konnte. Und dass schließlich nach wie vor Wälder abgeholzt und Schneisen in bewaldete Gebirgshänge geschlagen werden. „Die Menschen scheinen einfach nicht zu kapieren, dass die Planetenuhr längst fünf nach zwölf anzeigt. Und dass es nicht mehr lange dauern wird, bis auf der Erde das Licht ausgeht und vom Mond aus betrachtet die totale Erdfinsternis eintritt."

Der Fernzug läuft in den Nürnberger Hauptbahnhof ein. Kepler und sein Gefolge sind endlich an ihrem nächsten Ziel angekommen. Sie verlassen den Zug, warten aber noch auf ihr Gepäck. Dann steigen sie in die U-Bahn um.

*

Gemeinsam betreten sie das Hotel. Das Anwesen liegt am Stadtrand von Nürnberg und ist nicht weit vom Werk der Firma entfernt. Das einem Dreieck ähnelnde Gebäude verfügt über hundertzwanzig geräumige Zimmer auf vier Etagen. Jedes Zimmer ist mit Doppelbett, bequemer Sitzecke, Bad mit WC, Balkon, Safe, Kaffeeautomat, Minibar und dem Zugriff auf sämtliche digitalen Medien ausgestattet. Im Erdgeschoss des Neubaus sind die Rezeption, die Hotelbar, das Restaurant, ein Veranstaltungssaal, ein Hallenbad und diverse Wellness-Einrichtungen untergebracht. Mehrere Lifts führen zu den Zimmern in den einzelnen Etagen. In der Rezeption fällt ein riesiger Bildschirm auf, der im Wechsel Einblicke in die verschiedenen Räumlichkeiten des Hotels gewährt. Beim Ein- und Auschecken passiert der Gast eine Lichtschranke, mit deren Hilfe die auf dem eingepflanzten Chip gespeicherten Daten zur Person ausgelesen und so An- und Abreise automatisch registriert werden. Aufgrund seiner Stadtrandlage in der Nähe des Gewerbegebiets wird das Hotel hauptsächlich von Geschäftsreisenden bevorzugt, weshalb auf einen Bu-

105

chungsservice für Stadt- und Museumsführungen sowie Veranstaltungen aller Art verzichtet wird.

Als erster geht Kepler mit seiner Sondererlaubnis durch die Lichtschranke. Dann folgen der Reihe nach Luna, der Chauffeur und die vier Schattenmänner. Alle suchen ihr Zimmer auf, um sich ein wenig frisch zu machen. Danach bleibt noch genügend Zeit, um die eigenen Bedürfnisse zu befriedigen. Der Chauffeur und die Schattenmänner erfüllen zunächst ihre Pflicht, indem sie vor dem Hotel die vom Werk bestellten Mietwagen in Empfang nehmen. Anschließend kehren sie in einer Kneipe ein, die dem in Nürnberg geborenen Chauffeur noch aus früheren Zeiten bekannt ist. Kepler und Luna hingegen genießen erst die frische Luft, die der Münchner Hitze teilweise zum Opfer gefallen ist, ehe sie sich erneut in den Betten vergnügen. Beides wird der Mann vom Mond schon in gut einer Woche schmerzlich vermissen.

*

Am Abend besuchen Kepler und Luna die nahe gelegene Diskothek. Die Schattenmänner folgen ihnen und beziehen davor Stellung.

Drinnen herrscht Hochbetrieb. Alle Plätze sind so gut wie besetzt. Um den Bartresen herum stehen die Leute in zwei Reihen hintereinander. Die meisten mit einem gefüllten Glas in der Hand. Auf der Tanzfläche geht es so eng zu, dass sich die Tänzer fast auf die Füße treten. Der Disk-Jockey thront im Scheinwerferlicht auf einer Galerie. Wie eine Buddha-Figur über ihren betenden Anhängern. Nur nicht schweigend, sondern jeden neuen Titel laut und pathetisch ankündigend. Die Musik erinnert Kepler ein wenig an die sphärischen Klänge, die im All kreisende Astronauten auf einer Gitarre erzeugen. Und das in allen möglichen Farbtönen flackernde Licht lässt ihn an den Strom der Perseiden denken, wenn das All sein Feuerwerk zelebriert.

Das Publikum könnte nicht unterschiedlicher sein. Neben optisch zusammenpassenden Paaren stechen die seltsamsten Kombinationen ins Auge. Ein Afrikaner tanzt mit einer Asiatin, ein einarmiger Mann mit einer humpelnden Frau, ein Anzugträger mit einem aufreizend bekleideten Mädchen, ein Pärchen im Partnerlook, zwei schwule Turteltauben, eine junge Frau mit einem dreimal so alten Mann und ein alberner Clown mit einer Vogelscheuche.

Kepler fühlt sich im Gedränge nicht so recht wohl. Nicht aus Angst davor, dass ihn in diesem Trubel jemand erkennen könnte. Dagegen spricht schon die Tatsache, dass ihn niemand hier erwarten würde. Es sind die Menschenmassen, die dicht beieinander sitzen, noch dichter die Tanzfläche füllen und am dichtesten den Rest des Etablissements bevölkern. Und es ist die Sorge vor krankhaften Individuen, die im Alkohol- oder Drogenrausch noch unberechenbarer werden als sie es ohnehin schon sind.

Luna spürt Keplers Unbehagen. Sie versucht, ihn zu beruhigen, indem sie ihm über die Wangen streicht. „Wenn du erst mal auf der Tanzfläche stehst und das Tanzbein schwingst, wirst du dich wohler fühlen.“

„Ich kann nicht tanzen.“

„Das musst du auch nicht. Wir nehmen ja nicht an einem Tanzturnier teil. Du musst nur das tun, was die andern auch machen.“

„Und was machen die?“

„Das kommt auf die Musik an. Bei flotten Melodien gehen sie aufeinander zu und wieder zurück. Und das wiederholt und in entsprechendem Tempo. Manchmal berühren sich die Partner auch zwischendurch. Bei ruhigen Stücken geht es gemächlicher zu. Da werden die einzelnen Schritte langsamer ausgeführt. Ab und zu lässt der Mann die Frau eine Pirouette drehen. Wichtig ist, dass der Körper immer in Bewegung bleibt.“

„Einfacher ausgedrückt: Die einen hopsen, die andern trödeln.“

Luna lacht. „So kann man es auch nennen.“

Einige Zeit später haben sich die Reihen der Tänzer gelichtet. Luna ergreift Keplers Hand und zieht ihn auf die Tanzfläche. In diesem Moment kündigt der Disk-Jockey laut und pathetisch den nächsten Titel an. Die Musik klingt eher ein bisschen melancholisch, was Keplers Stimmung entgegenkommt. Sie bewegen sich – die Gesichter zärtlich aneinander geschmiegt – Schritt für Schritt hin und her, bis die letzten Takte des Stückes verklungen sind. Dann küssen sie sich. Anschließend lässt er sich noch zu weiteren Tänzen überreden, ehe sie am Bartresen, an dem sich mittlerweile etliche Lücken aufgetan haben, Platz nehmen und einen Cocktail bestellen.

Der Barkeeper empfiehlt einen besonderen Mix.

Nachdem sie den ersten Schluck genommen haben, sind sie nicht gerade begeistert. Kepler verzieht sogar das Gesicht. Den Rest lassen sie in den Gläsern zurück und suchen das Weite. Der Barkeeper glotzt kopfschüttelnd hinterher. Arm in Arm, immer wieder ein paar Küsse austauschend, schlendern sie in Richtung Hotel. Die übermüdeten Schattenmänner im Schlepptau.

Siebter Tag

Das Werk von Keplers Arbeitgeber befindet sich in einem Gewerbegebiet im Süden Nürnbergs. Die hier Beschäftigten wohnen in Siedlungen am Rande des Areals. Das weitläufige Gelände ist komplett umzäunt und streng bewacht. Zu den Gebäuden, in denen nicht produziert wird, gehören: Das Verwaltungsgebäude mit Einkauf, Lohn- und Gehaltsabrechnung, Kostenrechnung, Kalkulation, Verkauf und Fakturierung. Die Kantine mit angeschlossener Großküche und Lebensmittellager samt Kühlraum. Das Logistikzentrum mit Warenannahme, Materiallager, Versand, Fertigwaren- und Ersatzteillager. In allen anderen Gebäuden wird produziert. Dazu zählen alle in modernem Industriedesign gestalteten, mit einer laufenden Nummer versehenen und mit dem Firmenlogo gekennzeichneten Produktionshallen. Gepflegte Grünanlagen — mit zahlreichen Bänken für die Belegschaft ausgestattet — sorgen für eine angenehme Atmosphäre.

Vielseitig ist die Verkehrsinfrastruktur. Erstens gibt es einen Landeplatz für Drohnen, die nur in dringenden Fällen zum Zuge kommen. Entweder handelt es sich um die schnellstmögliche Anlieferung fehlernder Teile, um einen Produktionsstopp zu vermeiden. Oder um die Auslieferung von Fertigprodukten, deren verspätete Übergabe zu Konventionalstrafen führen würde. Der Grund sind meist Container, die zu lange auf ihre Abfertigung am Güterbahnhof warten müssen.

Zweitens ist ein Gleisanschluss an das Eisenbahnnetz vorhanden. An einer roten Ampel wartet eine E-Lok samt zwei mit Containern beladenen Waggons auf die Abfertigung.

Drittens steht ein Pool von Elektro-Nutzfahrzeugen zur Verfügung. Diese werden ausschließlich zur Belieferung von Kunden in verkehrstechnisch abgelegenen Regionen genutzt.

Auch einen Gleisanschluss an den Nürnberger Hafen gibt – oder besser gesagt – gab es, um Fertigprodukte per Frachtschiff über den Main-Donau-Kanal zu transportieren. Aber das war wirtschaftlich ein Flop. Bereits nach 25-jährigem Bestehen der Wasserstraße war das Frachtaufkommen an seinem ersten Tiefpunkt angekommen. Danach konnte es zwar – parallel zur gestiegenen Verlagerung von der Straße zurück auf die Schiene – für längere Zeit wieder zunehmen. Das angestrebte Ziel aber konnte nie erreicht werden. Vor etwa zwanzig Jahren hatte sich die Verschiffung von Gütern aus Kostengründen endgültig nicht mehr gelohnt. Für die Umwelt immerhin ein Segen.

Jetzt waren der Hafen und der Kanal eine milliardenschwere Fehlinvestition. Denn nach den Frachtschiffen verschwanden auch die inzwischen solarbetriebenen Kreuzfahrtschiffe von der Wasseroberfläche, weil deren Passagiere in den Hafenstädten nur Müll statt Geld hinterließen und folglich nicht mehr an Land gehen durften.

Kepler, Luna und der Chauffeur haben das Schleusensystem vom Eingangstor bis zur Besucherzone ohne Zwischenfälle überwunden. Ähnliche Einrichtungen gibt es in Hochsicherheitsgefängnissen. Für Terroristen und Killer des organisierten Verbrechens eine schier unüberwindbare Barriere. Wer es dennoch wagt, mit Waffengewalt einzudringen, muss bei Missachtung damit rechnen, nach zwei bis drei Warnschüssen erschossen zu werden. Der Rechtsstaat macht jetzt kurzen Prozess, nachdem er mehr und mehr zum zahnlosen Tiger degradiert worden ist. Je humaner er mit den Schwerverbrechern umging, desto gewalttätiger wurden sie. Staatliche Ordnungshüter und private Sicherheitsleute waren nicht mehr bereit, für Leute dieser Kategorie ihr Leben zu riskieren. Das Strafgesetzbuch wurde entsprechend angepasst.

Beim Betreten der lichtdurchfluteten Besucherzone kommt der etwas klein geratene, Toupet und Brille tragende Werksleiter auf Kepler und seine Begleiter zu und begrüßt sie per Handschlag. Dann begibt er sich mit ihnen in die Kantine, wo die Belegschaft auf den Gast und die Live-Aufnahmen vom Mond wartet. Auch Luna und der Chauffeur sind auf den Film gespannt.

Dieser sorgt im Werk Nürnberg für die gleiche Begeisterung wie in der Münchner Zentrale. Am Ende der Vorführung beantwortet Kepler – so gut es geht – noch einige Fragen und gibt ein paar Autogramme. Einige Mitarbeiter zücken ihre mobilen Allzweckgeräte. Entweder lichten sie den Mann vom Mond allein ab oder machen ein Erinnerungsfoto mit ihm gemeinsam. Plötzlich klopft ihm von hinten ein Kollege auf die Schulter, der vor Jahren Mitarbeiter des Mondbasisteams gewesen ist.

„Das glaube ich jetzt nicht." Kepler umarmt den Mann, mit dem er am Beginn einer Freundschaft gestanden hat. Bedingt durch dessen plötzlichen Abzug vom Mondprojekt und die darauf folgende interplanetare Entfernung hatten sie sich aus den Augen verloren.

„Ich kann es auch kaum glauben. Bist du es wirklich?" Der Kollege ergreift Keplers Kopf mit beiden Händen, so, als wollte er sichergehen, dem Mann vom Mond wahrhaftig gegenüberzustehen. „Ich hörte, dass wir Besuch von da oben bekommen. Aber ich wusste nicht, dass du es bist."

„Jetzt weißt du es. Bist du heute Abend beim gemütlichen Beisammensein dabei?"

Der Kollege nickt zustimmend.

„Dann sehen wir uns ja. Wir haben beide sicher einiges zu erzählen."

Luna gesellt sich hinzu.

Kepler stellt Luna vor

Der Kollege reicht ihr die Hand. „Wir sind uns schon mal begegnet."

„Ja, ich erinnere mich. Ist aber schon länger her."

Kepler schaut Luna an. „Auf dem Mond war das sicher nicht."

Luna lacht. „Nein, das war in München. Bei irgendeinem Meeting."

Der Kollege hebt den Finger der rechten Hand. Wie ein Schüler, der sich bei seinem Lehrer auf eine Frage hin meldet. „Mir fällt es wieder ein. Es war eine Statussitzung. Es ging um den Baufortschritt eines Großprojekts. Ich weiß bloß nicht mehr, um welches."

„Ja, kann sein." Luna wendet sich an Kepler. „Dann lass ich euch heute Abend mal lieber allein. Ihr habt bestimmt viel zu erzählen. Ich störe da nur."

Kepler nimmt Luna in den Arm und küsst sie. „Einen Abend ohne dich überlebe ich nicht."

„Du Schmeichler." Sie küsst ihn.

Der Kollege grinst.

*

Nach einem Imbiss in der Kantine führt der Werksleiter seine Münchner Gäste durch den Betrieb. Zunächst ist das Logistikzentrum an der Reihe. In der Warenannahme werden gerade die zwei Container mit einem Kran von den Waggons abgeladen, die verplombten Türen geöffnet, das für die Fertigung bestimmte Material mit Hilfe eines Gabelstaplers herausgeholt und die Vollständigkeit der Lieferung anhand der Frachtpapiere geprüft. Lediglich ein Mitarbeiter ist mit dem gesamten Vorgang beschäftigt. Kran und Gabelstapler startet er jeweils mit Hilfe einer Fernbedienung. Alles andere läuft – wie bei einem Roboter – programmgesteuert ab. Nur das Öffnen der Plomben und Containertüren geschieht noch von Hand. Außerdem ist er für die Wareneingangskontrolle verantwortlich. Und damit für die Abwicklung von Retouren bei sichtbaren Mängeln. Oder, wenn alles in Ordnung ist, für die Einlagerung des Materials oder die Weiterleitung an den zutreffenden Montageort.

Im Versand wird für die Verpackung der Fertigerzeugnisse, die zum Beispiel auf dem Mond beim Aufbau von Wohn- und Arbeitsmodulen sowie Photovoltaik- und Radioteleskopanlagen unverzichtbar sind, schon wesentlich mehr Personal benötigt. Dieses ist zugleich für die Ausstellung von Frachtpapieren zuständig. Das Verstauen der

Fracht in einem Container erfolgt wiederum mit Hilfe eines autonom arbeitenden Gabelstaplers.

Bei dem an die Warenannahme grenzenden Materiallager sowie dem zum Versand gehörenden Fertigwaren- und Ersatzteillager handelt es sich jeweils um Hochregallager, die vollautomatisch bedient werden.

Vom Logistikzentrum führt der Rundgang zunächst durch das Freigelände. Kepler und seine Begleiter schauen sich den Landeplatz für Drohnen an. Zwei der drei Fluggeräte parken auf der markierten Fläche. Die dritte Drohne befindet sich in einer Reparaturwerkstatt. Anschließend beobachten sie, wie die E-Lok mit den zwei Waggons ohne die Container erst die Halle mit der Warenannahme und dann das Firmengelände verlässt. Dann werfen sie einen kurzen Blick in die geöffnete Großgarage mit den vollständig anwesenden Elektro-Nutzfahrzeugen und erfahren nebenbei, dass die hier ebenfalls stationierten Limousinen der Vertreter und Vans der Service-Mitarbeiter allesamt unterwegs sind.

Beim Gang durch die mit Bänken ausgestattete Grünanlage atmet Kepler ganz bewusst die frische Luft mehrmals ein und wieder aus und ist erstaunt, wie sauber diese inmitten eines solchen Industriegeländes ist. Ebenso überrascht es ihn, dass das gesamte Areal menschenleer ist.

Der Werksleiter klärt ihn auf, dass hier nur in den Arbeitspausen Mitarbeiter zu sehen sind. Und das sind meist die Raucher.

Der Vollständigkeit halber wird ihnen noch das ehemals zum Nürnberger Hafen führende Anschlussgleis gezeigt. Die Gleisanlagen haben längst Rost angesetzt. Und zwischen den Schienen hat sich jede Menge Unkraut breitgemacht.

„Das waren noch Zeiten, als wir einen Teil unserer Produkte verschifft haben." Der Werksleiter scheint dieser Art von Warentransport nachzutrauern. „Über den Main-Donau-Kanal wurden Kunden sowohl bis rauf zur Nordsee als auch bis runter zum Schwarzen Meer beliefert." Dann winkt er aber mit der Hand ab. „Rentiert hat sich das Ganze von Anfang an nicht. Leider. Nur schade um den Hafen und den Kanal."

Abschließend werden die Produktionshallen besichtigt. Die erste Halle ist die größte. Der erste Eindruck ist, dass alles sauber und steril wirkt. Die wenigen Mitarbeiter bewegen sich geräuschlos über den blank geputzten Boden. Die Mechaniker in blauen, die Informatiker in weißen Kitteln. Zahlreiche Maschinenkästen stehen in Reih und Glied nebeneinander. Zwischendrin befinden sich Monitore, auf denen unzählige Datenmengen herunter gespult werden. Überall blinken Kontrolllampen. In der Regel grüne. Nur ab und zu eine rote. Lange Reihen von Leuchtröhren tauchen die Halle in ein helles Licht. Fließbänder klackern unentwegt. Druckluftventile erzeugen ein zischendes Geräusch. Gabelstapler bewegen sich kaum hörbar hin und her.

Kepler möchte wissen, welche Teile des umfangreichen Sortiments in dieser Halle produziert werden.

Der Werksleiter klärt ihn auf, dass hier nur die speicherprogrammierbaren Steuerungen hergestellt werden. Diese werden einerseits für die Automatisierung von Maschinen und Anlagen, andererseits für den Einsatz von

Industrierobotern benötigt. Das optimiert deren Herstellung, indem Zeit und Kosten gespart werden und gleichzeitig die Qualität erhöht wird. „Jeden Tag sammeln sich Millionen von Prozessinformationen an, mit deren Hilfe sich der Lebenslauf eines jeden Produkts bis ins Detail zurückverfolgen lässt. Der früher aufgetretene Technikpfusch wird durch unser Kernprodukt auf ein Minimum reduziert."

„Die Nachfrage muss doch immens sein."

„Die Steuerungen werden an Tausende von Kunden in aller Welt geliefert. Wir setzen sie aber auch in unsere eigene Automatisierungstechnik ein, die zum Beispiel beim Ausbau der Mondbasis verwendet wird."

Kepler weist auf einen Mann im blauen Kittel hin, der ein an der Wand hängendes Gerät bedient. „Was tut der Mitarbeiter dort?"

„Der meldet den Abschluss eines Arbeitsvorgangs an einem Betriebsdatenerfassungsterminal."

„Hier läuft doch alles vollautomatisch ab. Da muss doch niemand mehr etwas melden."

„Nicht ganz. Sehen Sie die Kontrolllampe dort?" Der Werksleiter deutet auf eine grüne Lampe, die zuvor rot geleuchtet hat. „An diesem Punkt des Fertigungsprozesses gab es eine mechanische Störung. Deshalb auch die Meldung des Mechanikers. Hätte es eine programmtechnische Störung gegeben, wäre der Informatiker in der Pflicht gewesen."

„Ich verstehe."

Der Werksleiter begibt sich – gemeinsam mit der Gruppe – ans andere Ende der Halle. Dort zeigt er Kepler und seinen Begleitern das fertige Kernprodukt. „So sehen unsere qualitätsgeprüften und versandbereiten Steuerungen aus."

„Ich sehe hier niemanden, der etwas prüft."

„Den werden Sie auch nicht zu Gesicht bekommen. Die Prüfungen laufen nämlich während des Fertigungsprozesses an zwischengeschalteten Messmaschinen vollautomatisch ab. Das gilt auch für die Endkontrolle."

„Es lebe die Technik."

Als wäre Keplers Aussage ein Frevel, leuchten plötzlich an mehreren Stellen gleichzeitig rote Kontrollleuchten auf. Verbunden mit einem Stakkato gleichen Alarmsignal, das einen Ohren betäubenden Lärm verbreitet.

Die bis jetzt fast menschenleere Halle füllt sich plötzlich, so dass sich die Gruppe fragt, wo all die Leute auf einmal herkommen. Männer in blauen und weißen Kitteln. Auch solche ohne. Noch dazu in Hautfarben, die keiner von ihnen erwartet hätte: Schwarzafrikaner, Chinesen, Inder, Araber und Indianisch-Stämmige. Sogar Frauen sind darunter. Alle hetzen förmlich durch die Halle, als wären sie auf der Flucht und wüssten nicht, wo sie unterkommen könnten.

„Nicht schon wieder." Der Werksleiter fasst sich mit beiden Händen an den Kopf, als wäre er der Verzweiflung nahe. „Das ist jetzt schon das dritte Mal in diesem Jahr, dass Hacker unsere Rechner torpedieren. Und niemand schafft es, diese Idioten ausfindig zu machen, weil sie sich irgendwo auf diesem Planeten verschanzen."

„Heißt das, dass jetzt nicht weiterproduziert werden kann? Und dass ein Teil der Produktion womöglich Ausschuss ist? Für ein Unternehmen ist das auf Dauer doch wirtschaftlich gar nicht verkraftbar."

„Die Ausfallzeiten sind das Problem. Die kosten zusätzlich Geld. Viel Geld. Unser System ist ziemlich widerstandsfähig. Es ist so konzipiert, dass bei einem Angriff Rechenzentrum und Produktion synchron gestoppt werden, bevor ein materieller Schaden entsteht. Sobald der Cyberangriff identifiziert und unschädlich gemacht worden ist, kann an der Stelle des Abbruchs wieder aufgesetzt werden."

„Das zu wissen, ist beruhigend. Wenn auch auf Dauer nicht zufriedenstellend."

„Ja, leider. Bitte haben Sie Verständnis, wenn ich Ihnen die anderen Hallen nicht zeigen kann. Die Arbeitsprozesse laufen dort allerdings ähnlich ab, so dass Sie im Grunde genommen nichts versäumen. Jetzt muss ich mich erst mal ausklinken, um das Ganze zu koordinieren. Damit es bald wieder weitergeht."

*

Kepler und seine Begleiter besuchen das firmeneigene Technische Museum. Es präsentiert sehr anschaulich Produktionstechnik der letzten zweihundert Jahre an Beispielen aus der eigenen Fertigung.

Aus dem Bereich der Starkstromtechnik stammt die als Plakatsäule getarnte Transformatorstation. Ein Produkt der Nachrichtentechnik ist der Fernsprechapparat mit Kurbel. Unter die Elektroinstallationstechnik fällt die Abzweigdose.

Zur Medizintechnik gehört der Herzschrittmacher. Und die Raumfahrttechnik zeigt einen Satelliten.

Besonders interessant ist die Darstellung der Entwicklungsgeschwindigkeit von der ersten bis zur vierten industriellen Revolution.

In den ersten Abschnitt zwischen dem 18. und dem 19. Jahrhundert fiel die Mechanisierung von Handarbeit. Im zweiten zu Beginn des 20. Jahrhunderts setzte die elektrifizierte Massenfertigung ein. Im dritten gegen Ende des 20. Jahrhunderts führte der Einsatz von Elektronik und Computertechnik zur Produktionsautomatisierung. Und in den vierten Anfang des 21. Jahrhunderts fiel das Zusammenwachsen von realer und virtueller Welt in der Produktion zur Industrie 4.0.

Den Höhepunkt der Ausstellung bildet ein Modell der Mondbasis. Vor der unter Glas geschützten Tischplatte befindet sich eine bedienbare Übersichtstafel. Bei Berührung eines der abgebildeten Objekte – etwa eines Wohnmoduls – leuchtet das Objekt selbst rot auf. Nach doppelter Berührung blinken alle darin verbauten firmeneigenen Komponenten grün.

Kepler nimmt Luna in den Arm und wählt eines der Wohnmodule aus, das rot aufleuchtet. „Dort wohne ich.“ Dann berührt er ein Arbeitsmodul, das ebenfalls rot aufleuchtet. „Und da arbeite ich.“

„Jetzt müsste es möglich sein, hier hinzufahren und eines dieser beiden Objekte zu berühren, um mit dir Kontakt aufzunehmen.“ Luna berührt erst sein Wohn- und dann sein Arbeitsmodul.

„Das kannst du einfacher haben. Entweder du schaust dir auf der Riesenleinwand im Stadion des Münchner Olympiaparks die regelmäßigen Live-Aufnahmen von der Mondbasis an. Da wirst du mich ab und an entdecken, ohne aber Kontakt mit mir aufnehmen zu können. Oder ich rufe dich per Satellitentelefon an. Dann können wir miteinander plaudern." Kepler küsst Luna.

„Das wäre schön. Kostet dich aber viel zu viel Geld." Sie küsst ihn.

„Das bist du mir wert." Kepler nimmt Luna in den Arm.

*

Das gemütliche Beisammensein der Belegschaft findet am Abend im Veranstaltungssaal des Hotels statt. Der Werksleiter erhebt sich von seinem Stuhl, um Kepler für seinen Besuch und den aufschlussreichen Film zu danken. Dann bezieht er noch kurz zu dem Cyberangriff Stellung. Er erklärt, dass das eingeschleuste Virus relativ schnell gefunden und erfolgreich abgewehrt werden konnte. Und dass die Produktion mittlerweile am Aufsetzpunkt wieder hochgefahren wurde. Am Ende seiner kurzen Rede nimmt er wieder Platz.

Während ein allgemeines Stimmengewirr einsetzt, hört Kepler, wie sich ein Mitarbeiter an einem der Nebentische über die ausufernde Technik ereifert, die zunehmend Arbeitsplätze kosten würde, aber immer unkontrollierbarer werde. In Automatisierung und Digitalisierung stecke man Millionen. Aber der Mensch bleibe dabei auf der Strecke.

Kepler kann dem Mann nicht mal widersprechen. Er weiß aber ebenso gut, dass diese Entwicklung nicht mehr aufzuhalten ist. Vor allem für Präzisionsarbeiten, wie sie in der gesamten Luft- und Raumfahrt unabdingbar sind, ist das menschliche Gehirn nur eingeschränkt geeignet.

Ein paar junge Damen tragen das Abendessen herein. Es gibt Rindfleisch mit Merch, wie die Franken die Meerrettichsoße nennen. Dazu Klöße. Und natürlich Bier von einer fränkischen Privatbrauerei.

Kepler probiert, wie immer, alles Neue aus Küche und Keller. Aber mit einer derartigen Schärfe der Soße hat er nicht gerechnet. Die ersten Tränen laufen über sein Gesicht.

Luna reicht ihm ein Taschentuch. „Wer den Merch noch nie gegessen hat, muss sich erst an ihn gewöhnen. Tut mir leid. Ich hätte dich warnen müssen.“

Kepler trocknet seine Augen. „Dafür kannst du ja nichts. Außerdem schmecken Fleisch und Klöße ausgezeichnet. Wenn nur diese scharfe Soße nicht wäre.“

Luna tröstet ihn, indem sie sich an seine Schulter lehnt.

„Ich brauche erst mal ein Bier.“ Er nimmt einen kräftigen Schluck. „Oh, entschuldige bitte.“ Er stößt mit Luna an. „Auf dein Wohl!“

Beide stillen ihren Durst. Auch Luna kämpft jetzt mit ein paar Tränen.

„Von dem Merch, oder wie das Zeug heißt, schaffe ich höchstens die Hälfte.“

„Du musst ihn auch nicht aufessen. Immerhin hast du ihn probiert.“

Nach dem Abendessen verlassen einige Mitarbeiter den Saal.

Der Werksleiter nimmt neben Kepler Platz. „Ich habe gehört, dass zwei Ihrer Ahnen in unserem Werk gearbeitet haben."

„Ja. Mein Urgroßvater und mein Ururgroßvater."

„Wissen Sie auch, in welchem Bereich sie tätig waren?"

„In der Elektroinstallationstechnik."

„Dann waren beide also gelernte Elektriker."

Kepler nickt zustimmend.

„Wissen Sie mehr über sie? Es würde mich interessieren."

Luna stößt Kepler leicht an. „Mich auch."

Kepler denkt kurz nach. „Der Urgroßvater stammte von hier. Aus dem Nürnberger Land. Nach der Mittleren Reife machte er hier im Werk eine Ausbildung zum Elektriker. Später legte er die Meisterprüfung ab. Leider verstarb er schon einige Jahre vor Rentenbeginn."

„Das ist bedauerlich. Und der Ururgroßvater?"

„Der war besser dran. Er wurde fünfundsiebzig. Geboren wurde er in der ehemaligen DDR. In Ostberlin. Er besuchte nur die Grundschule und arbeitete später in einem dieser Volkseigenen Betriebe als Elektriker, wo er den Beruf auch erlernt hatte. Nach der Flucht in die alte Bundesrepublik – das war noch vor dem Mauerbau – landete er in Nürnberg und war hier im Werk bis zum Rentenbeginn als Elektriker tätig."

„Dann hat Ihre Familie eine ganz besondere Beziehung zu unserem Unternehmen."

„Das kann man so sagen."

„Heute gibt es diese Bindung an eine Firma nur noch selten. Zumal der Nachwuchs aus allen möglichen Gründen ausscheidet. Dabei sind die einst rückläufigen Geburtenzahlen im Laufe der letzten Jahrzehnte wieder angestiegen. Zusätzlich war ein Kinderboom seitens der Flüchtlinge zu verzeichnen. Und trotzdem wird überall über Nachwuchsmangel geklagt.“

„Wie ist das möglich?“

Luna meldet sich zu Wort. „Die einen brechen ihre Ausbildung einfach ab. Und die anderen zeigen schon von vornherein kein Interesse an irgendeinem Beruf.“

Der Werksleiter nickt zustimmend. „Das ist aber nur die eine Seite der Medaille. Wobei sich die jungen Herrschaften mit ihrer Einstellung keinen Gefallen tun. Bei Arbeitsverweigerung oder wiederholtem Ausbildungsabbruch droht ihnen nämlich die Zwangsrekrutierung beim Militär.“

Kepler stutzt. „Welche Gründe gibt es denn noch?“

„Die andere Seite der Medaille ist viel bedenklicher, weil nichts dagegen unternommen werden kann.“

„Das verstehe ich nicht.“

„Da wäre zunächst mal die frühe Berufsunfähigkeit oder gar der Todesfall. Ausgelöst durch Medikamenten- oder Alkoholmissbrauch. Durch Nikotin- oder Drogensucht. Durch Extremsport oder Verkehrsunfälle. Der Tod kann auch durch Suizid bedingt sein oder als Folge von Gewalt eintreten. Nicht zuletzt fällt für eine Berufsausbildung aus, wer sich in Haft oder in der Psychiatrie befindet.“

„Das sind ja keine guten Aussichten. Auch nicht, wenn es um Nachwuchskräfte für den Mond geht.“

„Genau so ist es.“

Die nach dem Abendessen verschwundenen Mitarbeiter tauchen wieder auf und formieren sich zu einem gemischten Chor. Der Werksleiter entschuldigt sich, dass er wegen eines dringenden Termins die Veranstaltung vorzeitig verlassen muss und eilt aus dem Saal. An seine Stelle tritt der frühere Kollege vom Mondbasisteam. Dann gibt der aus Männern und Frauen bestehende Chor ein paar Lieder zum Besten, die mit viel Beifall bedacht werden. Nach einer halben Stunde löst sich der firmeneigene Gesangverein wieder auf.

„Was gibt es Neues auf unserem Erdtrabanten?“ Der Kollege klopft Kepler freundschaftlich auf die Schulter.

„Wir stecken mitten im zweiten Bauabschnitt. Die Basis wächst und gedeiht.“

„Wenn ich dran denke, wie lange ich nicht mehr oben war. Da steckte das Team mitten im ersten Bauabschnitt. So lange haben wir uns nicht mehr gesehen.“

„Das ist jetzt gut zehn Jahre her.“

„Mein Gott! Wie die Zeit vergeht. Wird denn schon kräftig geschürft? Damals ward ihr ja noch nicht so weit. Da war alles erst im Entstehen.“

„Der Abbau von Helium-3 ist in vollem Gange. Bei Eisen und Aluminium stehen wir erst am Anfang.“

„Ich habe gehört, dass es Probleme bei der Energieversorgung gibt.“

„Nur bei der Wiederaufbereitung des Wassers. Da wird noch an Verbesserungen gearbeitet. Verdursten wird aber niemand. Strom gibt es ohnehin genug, zumal die Photovoltaikanlagen bisher vor Schäden aus dem All bewahrt werden konnten. Und die Sauerstoffzufuhr reicht zumindest aus."

Der Kollege stößt mit Kepler und Luna an.

Kepler will wissen, was der Kollege so treibt.

Der erzählt ihm, dass er als leitender Ingenieur für die Automatisierungstechnik verantwortlich ist und dem Werksleiter direkt untersteht. Dass er als Bereichsleiter nicht mehr selbst an Entwicklungen beteiligt ist, sondern deren Einsatz in der Produktion überwacht und dementsprechend sämtliche anfallenden Arbeiten nur delegiert. Dass er jemals wieder auf dem Mond landen wird, hält er für eher unwahrscheinlich.

Kepler schaut Luna an. „Siehst du? Du hast uns gar nicht gestört. Du warst zwischen meinem alten Freund und mir so etwas wie die Sonne zwischen Erde und Mond."

Luna küsst ihn. „Du bist ja der reinste Poet."

Der Kollege stößt mit den beiden an.

Achter Tag

Kepler und Luna treffen sich am Handwerkerhof – am Rande der Nürnberger Innenstadt – mit dem dortigen City-Guide. Die Schattenmänner halten gebührenden Abstand.

„Ich begrüße Sie in der einstigen Freien Reichsstadt Nürnberg. Nach Ihrem Aufenthalt in der bayerischen Landeshauptstadt München werden Sie feststellen, dass die Frankenmetropole Nürnberg ihren eigenen Charme besitzt. Alles ist ein bisschen anders: Die Altstadt mit ihrer großenteils erhaltenen Stadtmauer samt Toren und Türmen. Die Burg, das Wahrzeichen von Nürnberg, die zu den geschichtlich und bautechnisch bedeutendsten Wehranlagen Europas zählt. Das ehemalige Reichsparteitagsgelände der Nazis, das vielen Bürgern dieser Stadt ein Dorn im Auge ist. Die Sprache der Franken, die sich mit der Aussprache harter und weicher Konsonanten nach wie vor schwertun. Ihre Küche, die an Vielseitigkeit kaum zu überbieten ist. Und letztlich auch das Wetter, das immer mal wieder Kapriolen schlägt." Dann geht er auf den Rundgang ein, der sich auf den Kern der Altstadt beschränkt. Dass dieser hier am Handwerkerhof beginnt und zunächst auf der Lorenzer Seite über die Mauthalle und die Kirche St. Lorenz zur Pegnitz mit dem Heilig-Geist-Spital führt. Und dass es dort auf der Sebalder Seite weiter über die Frauenkirche, den Hauptmarkt und das Alte Rathaus zur Kirche St. Sebaldus und schließlich zur Burg geht, wo die City-Tour endet.

Was Kepler auf den ersten Blick auffällt, sind die scheinbar fehlenden Sicherheitsvorkehrungen. Doch das täuscht. Polizeipatrouillen mit Kampfhunden sind zwar nicht unterwegs. Zumindest noch nicht. Aber bei genauerem Hinsehen entdeckt er einige Videokameras, die nur etwas versteckter angebracht wurden.

Der City-Guide bemerkt Keplers Spähen nach Überwachungseinrichtungen. „Wie Sie sehen, sind unsere Kameras schwer zu orten. Spontantäter tappen da schnell in die Falle. Sicherheitszonen in sensiblen Bereichen gibt es übrigens auch bei uns. Nur auf Hinweistafeln haben wir verzichtet. Vielleicht übertreiben die Münchner da ein bisschen.“

„Ich vermisse die Polizeistreifen.“

„Das ist nur eine Momentaufnahme. Die stehen ja nicht hier herum. Sie schauen aber jede Viertelstunde vorbei. Und kontrollieren nicht nur in der Fußgängerzone, sondern sehen sich auch in den Seitenstraßen um. Da passiert doch am meisten.“

Kepler wird schon bald eines Besseren belehrt. Denn während des Rundgangs begegnen sie mehrfach den Ordnungshütern, von denen einige neben ihrer Pistole auch einen Kampfhund mitführen.

Der City-Guide beginnt mit seiner Führung. Zu allen Sehenswürdigkeiten hat er eine Menge zu erzählen. So zum Beispiel zum Handwerkerhof, in dem zahlreiche Handwerkstechniken in historisch eingerichteten Werkstätten gezeigt werden. Er weist darauf hin, dass das Handwerk einschließlich des Kunsthandwerks schon im mittelalterlichen Nürnberg eine bedeutende Rolle gespielt hat, wie eine Reihe berühmter Namen beweisen: Martin Behaim, der Schöpfer des ersten Globus. Der Erzgießer Peter Vischer.

Die Bildhauer Veit Stoß und Adam Krafft. Der Maler Albrecht Dürer. Und Peter Henlein, der Erfinder der ersten Taschenuhr.

Auch zu den drei Kirchen weiß er einiges zu berichten. Unter anderem, dass die gotische St.-Lorenz-Kirche aus dem 13. bis 15. Jahrhundert Nürnbergs größtes Gotteshaus ist. Mit Kunstwerken wie dem ‚Engelsgruß‘ und dem Kruzifix von Veit Stoß sowie dem Sakramentshäuschen von Adam Krafft. Dass die ebenfalls gotische Frauenkirche aus dem 14. Jahrhundert mit dem ‚Männleinlaufen‘ an den Erlass der Goldenen Bulle durch Kaiser Karl IV. erinnert. Und dass die St.-Sebaldus-Kirche mit dem gotischen Ostchor aus dem 14. Jahrhundert über das berühmte Sebaldusgrab von Peter Vischer verfügt.

Und schließlich kann er auch zur Burg einiges anmerken. Dass sich die Anlage aus drei Teilen zusammensetzt: Den Resten der Burggrafenburg mit dem Fünfeckturm in der Mitte. Der Kaiserburg mit Sinnwellturm, Tiefem Brunnen, Doppelkapelle und Palas nach Westen hin. Und weiteren reichsstädtischen Bauten wie der ehemaligen Kaiserstallung und dem Turm Luginsland im Norden und Osten.

Kepler haben es vor allem die Lochgefängnisse im Alten Rathaus angetan. Die Verliese aus dem 14. Jahrhundert befinden sich im Originalzustand. Dazu zählen die Folterkammern mit entsprechenden Werkzeugen, eine Werkstatt mit Schmiede, die Zellen und die Stube des Lochwirts.

Luna ist vom Schönen Brunnen auf dem Hauptmarkt begeistert und zeigt Kepler den in das schmiedeeiserne Gitter eingefügten Ring. „Sieh her! Das ist der goldene ‚Glücksring‘. Jeder, der ihn im Gitter dreht, hat einen

Wunsch frei. Verliebten soll er Glück bringen. Auch Frauen, die sich ein Kind wünschen."

„Glaubst du daran?"

„Vielleicht." Luna dreht den Ring.

*

Prägende Elemente der Ehrenhalle im Alten Rathaus sind die Gewölbe, die auf mittig angeordneten Pfeilern ruhen. Die Ausstattung besteht aus Reliefplatten an der Unterseite und Fenstern – mit Gittern verziert – an der Oberseite der Wände. Für die Beleuchtung sorgen laternenähnliche Deckenleuchten und auf die Reliefplatten gerichtete Strahler.

Auf einem Tisch liegt das aufgeschlagene Goldene Buch der Stadt. Daneben ein wertvoller Füllfederhalter. Vor dem Tisch steht ein Stuhl. Dahinter warten der Oberbürgermeister und seine Stellvertreter mit umgehängter Amtskette. Nervös schauen sie auf ihre Armbanduhren.

Dann erscheint Kepler. Ohne seine Schattenmänner, die draußen bleiben müssen. Nach ausgiebigem Händeschütteln setzt er sich auf den Stuhl und trägt sich ins Goldene Buch der Stadt ein. Dann legt er den Füllfederhalter wieder beiseite und erhebt sich von seinem Platz. Beim Blick in die Gesichter glaubt er, eine gewisse Erleichterung festzustellen. Das ist durchaus verständlich. Denn für die Nachfahren der alten Ratsherren verkauft sich ein solches Event beim Wähler jedenfalls besser als ein Spatenstich, das Durchtrennen eines Bandes oder das Überreichen eines Blumenstraußes. Mit einem Glas Champagner wird feierlich auf den Mann vom Mond angestoßen. Die Medienvertreter können ihr Fotoshooting kaum erwarten und schießen schon während des Zuprostens die ersten Bilder. Er lässt das Blitzlichtgewitter stoisch über sich ergehen und enthält sich jeglichen Kommentars. Und auch den Wunsch nach Informationen über das Mondprojekt erfüllt er nicht und verweist an die Projektverantwortlichen.

*

Kepler wird am Alten Rathaus abgeholt. Luna, die bereits im Wagen sitzt, nimmt ihn freudestrahlend in Empfang. Die Schattenmänner warten ein paar Meter weiter in ihrem Transporter. Die Fahrzeuge setzen sich in Bewegung.

Der Chauffeur verkündet das Nachmittagsprogramm. „Die Neugestaltung einzelner Stadtviertel haben Sie ja in München kennengelernt. Das müssen wir hier nicht wiederholen. Zudem sind die Nürnberger noch nicht so weit. Das hat aber nichts mit geringerem Engagement zu tun. Ich weiß, wovon ich rede. Ich stamme nämlich von hier. Das Problem liegt in der anderen Siedlungsstruktur außerhalb der alten Stadtmauern, die man nicht so einfach über den Haufen werfen kann. Aber mit der Zeit wird man auch hier geeignete Lösungen finden, um vor allem die Lebensverhältnisse der ärmeren Bürger und der Flüchtlinge zu verbessern. Wir werden uns heute die neu geschaffenen Zentren anschauen. Da hat wiederum München noch einigen Nachholbedarf.“

Kepler unterbricht. „Was verstehen Sie unter Zentren?“

„Das sind Zusammenschlüsse von Einrichtungen, die einem gemeinsamen Ziel dienen: Dem Shopping. Der Freizeitgestaltung. Der Aus- und Weiterbildung. Der Gesundheit und Pflege. Und der Energieversorgung.“

Leichter Regen setzt ein. Die Scheibenwischer werden automatisch aktiv.

„Das Wetter ignorieren wir einfach. Laut Wetterbericht soll es heute und morgen nur gelegentliche Schauer geben. Lassen wir uns also nicht die gute Laune verderben. Immerhin können wir Franken froh sein, dass wir, im Gegensatz zu früher, nicht mehr so häufig über Wassermangel klagen müssen. Jetzt sitzen die Bayern ab und zu auf dem Trockenen.“

*

Nach wenigen Minuten stoppen die Fahrzeuge das erste Mal. „Wir sind jetzt am Einkaufszentrum angelangt. Es ist das älteste unter den neuen Zentren. Wir werden jetzt hineingehen. Nachdem ich Ihnen ein paar Informationen gegeben habe, können Sie sich ein wenig umschauen.“

Der Zugang zur Anlage erfolgt – der Prozedur auf Bahnhöfen entsprechend – über Sicherheitsschleusen. Gemeinsam betreten sie das Zentrum. Die Schattenmänner halten den nötigen Abstand.

„Wie Sie sehen, entstand so etwas wie eine Shoppingmeile. Das Ganze wurde überdacht, so dass die Kunden wetterunabhängig einkaufen können. Auch den gelangweilten Familienanhang hat man nicht vergessen. Aber dazu gleich mehr.“ Der Chauffeur erklärt, dass man den

Einzelhandel als Kerngeschäft in zwei Bereiche unterteilt hat: Links in den Lebensmittelbereich mit Supermarkt, Markthalle und Food-Basar. Rechts in den übrigen Warenbereich mit Kaufhaus, Passage und Non-Food-Basar.

Kepler und Luna erfahren, dass sie in der Markthalle nur frische Produkte aus der Region wie Obst, Gemüse, Milchprodukte, Fleisch- und Wurstwaren kaufen können. Dass auf dem Food-Basar fremdländische Waren wie Gewürze, Teesorten, Südfrüchte und andere exotische Spezialitäten zu finden sind. Dass die Passage beratungsintensive Fachgeschäfte für Elektronik, Möbel, weiße Ware und dergleichen beherbergt. Dass der Non-Food-Basar ausländische Erzeugnisse wie orientalische Teppiche, chinesisches Porzellan und so weiter im Sortiment führt. Und dass man die reine Massenware im Supermarkt beziehungsweise im Kaufhaus erwerben kann. Dann bekommen sie noch zu hören, dass zum Angebot für den Familienanhang Puppentheater für Kinder, Tischfußball für Jugendliche, World Wide Web für Konsummuffel und Multi-Kulti-Gebetsraum für Konsumopfer zählen. Dass sich für die ganze Familie die Einkehr in Imbiss-, Kaffee-, Tee-, Bier- oder Weinstuben anbietet. Dass überall bezahlt wird, indem ein Lesegerät auf den eingepflanzten Chip gerichtet und der Betrag automatisch vom Konto abgebucht wird. Und dass das böse Erwachen meist erst bei Durchsicht der Kontoauszüge erfolgt.

Kepler und Luna haben eine halbe Stunde Zeit, um hier und da einen Blick ins Innere der Shoppingmeile werfen zu können. Vor allem Luna ist neugierig auf das vielseitige Angebot. Die Zeit rennt ihnen allerdings schneller davon, als ihnen lieb ist. Dennoch kehren sie pünktlich, aber mit leeren Händen, von ihrer Erkundungstour zurück.

Der Regen hat eher zugenommen. Einen Moment verharren sie unter dem schützenden Dach. Außer Kepler, der den himmlischen Wasserfall verständlicherweise genießt. Doch dann ist schon wieder alles vorbei, so dass die Gruppe geschlossen die Fahrzeuge aufsuchen und die Fahrt fortsetzen kann.

*

Als sie am Freizeitzentrum ankommen, bläst zunehmender Wind die Wolken auseinander und macht den Weg für die Sonne zumindest für ein kurzes Intermezzo frei.

„Das Freizeitzentrum ist das jüngste aller Zentren. Hier müssen wir uns nicht umsehen, zumal die riesige Fläche viel zu viel Zeit in Anspruch nehmen würde. Es genügt, wenn ich Sie mit den wichtigsten Informationen versorge.“

Kepler staunt über das viel größere Gelände im Vergleich zum Einkaufszentrum. „Man könnte meinen, die Nürnberger verbringen den größten Teil ihres Lebens mit Freizeit.“

„Das täuscht. Sie dürfen nicht vergessen, dass hier fast alle Sportanlagen untergebracht wurden. Und die benötigen viel Platz.“

Luna möchte wissen, ob das Stadion ebenfalls hierhin verlegt wurde.

Der Chauffeur verneint. Er erklärt, dass außer dem Sport-Center auch das Kultur-Center Teil des Freizeitzentrums ist. Und dass sich nicht zuletzt, außer der Tourist-

Info, auch das internationale Touristik-Center hier befindet. Dann beginnt er mit den Details. Erstens trifft zu, dass zum Sport-Center sowohl Hallen für Turnen, Handball, Basketball, Schwimmen und Eishockey als auch Plätze für Fußball, Tennis und Reiten gehören. Dass ferner spezielle Bahnen für Laufen, Schießen, Kegeln, Bowling und Boccia zur Verfügung stehen. Und dass in einem Sportheim – außer Versammlungen der Sportvereine – auch Wettkämpfe in Disziplinen wie Billard, Schach, Tischtennis und Darts stattfinden. Zweitens ist zu bedenken, dass das Kultur-Center im Kern aus einem Theater für Schauspiel, Oper, Musical und Ballett sowie einem Konzertsaal für Genres wie Klassik, Volkslied, Schlager, Chanson, Gospel, Rap, Rock und Pop besteht. Dass parallel dazu eine Freilicht-bühne geschaffen wurde. Und dass es Räumlichkeiten für Kabarettabende, Lesungen und Kunstausstellungen gibt. Und drittens darf nicht vergessen werden, dass ein Touris-tik-Center angeschlossen ist, das Reisen unter Bildungs- und Umweltgesichtspunkten fördern soll. Dass nämlich der Massentourismus bei den meisten Urlaubern inzwischen verpönt und bei den Bewohnern der Urlaubsgebiete nicht mehr erwünscht ist. Und dass zunehmend hochwertige Unterhaltungselektronik als Ersatz für die Realität vor Ort genutzt wird. „Willkommen geheißen werden vor allem: Studienreisende, die sich für Land und Leute interessieren. Sportlich aktive, aber die Umwelt schonende Leute wie zum Beispiel Wanderer und Radfahrer. Und natürlich Rucksacktouristen, die den Kontakt zu Einheimischen suchen.“

Luna wirkt irritiert. „Soll reiner Erholungsurlaub, wie das Baden im Meer, nicht mehr möglich sein?"

„Keine Sorge. Baden im Meer wird es nach wie vor geben. Aber ausschließlich an offiziell freigegebenen und beaufsichtigten Stränden. Vorrangig in Europas nicht umweltgefährdeten Regionen und mit jeweils vertretbarer Anzahl von Badegästen. Das bedeutet, dass nur noch begrenzte Kontingente zur Verfügung stehen. Wer sich anderweitig erholen will, etwa in einem Kurort oder in einer der vielen Wellness-Oasen, ist davon nicht betroffen und hat freie Auswahl. Der Strandurlaub mit reinen Sauforgien hingegen ist endgültig passé."

Luna bohrt nochmals nach. „Werden Touristenziele außerhalb Europas künftig gemieden."

„Nein. Aber der Massentourismus mit Krethi und Plethi, die nur irgendwo billig Urlaub machen wollen, wird nicht mehr angeboten. Das wollen auch die Bewohner betroffener Länder nicht mehr. Zugleich soll mit dem neuen Konzept dem Fernflug- und Kreuzfahrt-Tourismus mit seinen Dreckschleudern peu à peu der Hahn zugedreht werden." Der Chauffeur weist darauf hin, dass es natürlich weiterhin Fernflüge – wenn auch eingeschränkt – geben wird. Hierzu zählen: Berufsbedingte Reisen in Politik und Wirtschaft, Wissenschaft und Lehre, Kultur und Sport. Private Reisen für Besuche von Angehörigen und Freunden. Und Urlaubsreisen unter Bildungs- und Umweltgesichtspunkten. Dass die großen Kreuzfahrtschiffe aber generell nicht mehr erwünscht sind, weil die angelaufenen Häfen und ihr städtisches Umfeld von den Kurzbesuchen der Passagiere in keiner Weise profitieren. Dass es aber auch Ausnahmen auf dem Wasserweg geben wird. Hierzu gehören: An Küsten verkehrende Linienschiffe. Fähren zwischen Festland und Inseln. Und Containerschiffe, die den Warenverkehr zwischen Europa und Übersee sicherstellen.

Erneut werden sie von einem Regenschauer überrascht. Kepler freut sich wie ein Kind, steigt aus und streckt die geöffneten Hände in die Höhe, so, als würde er versuchen, die Wassertropfen aufzufangen. Der Chauffeur hupt kurz, um die Weiterfahrt anzukündigen. Kepler verharrt noch einen Moment in seiner himmelwärts gerichteten Haltung. Dann kapituliert er vor dem stärker werdenden Regen und steigt ein. Die Fahrzeuge setzen sich wieder in Bewegung.

*

An ihrer nächsten Station, dem Bildungszentrum, halten sie erneut an. Just in diesem Augenblick zieht sich der Regenschauer wieder zurück. Bis Petrus schließlich ein Einsehen hat und seinen himmlischen Wasserhahn gänzlich abstellt.

„In das Bildungszentrum sollten wir einen kurzen Blick hineinwerfen. Auf dem Gelände befinden sich ein Internat, ein Hochschulkomplex, eine Berufsschule und eine Volkshochschule. Die Kosten trägt in den beiden ersten Fällen der Staat, bei der Berufsschule die Wirtschaft und bei der Volkshochschule der einzelne Teilnehmer. Die Politik hat erst spät begriffen, dass Bildung für die Gesellschaft ein hohes Gut ist. Lange hinkte man hinter den anderen Ländern hinterher. Jetzt ist man endlich bereit, Geld dafür auszugeben."

Gemeinsam durchqueren sie die Sicherheitsschleusen.

Beim Gang durch das Gelände zeigt der Chauffeur auf die beiden Einrichtungen, die besondere Aufmerksamkeit verdienen: Das Internat und der Hochschulkomplex, die sich, im Gegensatz zu früher, konsequent an die neue Zeit angepasst haben.

Kepler und Luna erfahren, dass die Schüler im Internat in Gemeinschaftsunterkünften wohnen und Schuluniformen tragen. Dass damit einerseits das Gemeinschaftsgefühl gestärkt, andererseits dem Wettkampf um Designerklamotten der Garaus gemacht werden soll. Sie hören, dass in der Unterstufe neben den Kernfächern Lesen, Schreiben und Rechnen für die Zukunft so wichtige Fächer wie Englisch und Digitale Medien, aber auch Lerninhalte wie Heimatkunde, Gesundheit und Ethik vermittelt werden. Dass gerade die Identifikation mit der Heimat, ein gesunder Lebensstil und sittliches Verhalten für den weiteren Lebensweg so wichtig sind. Sie werden darüber informiert, dass in der Mittelstufe traditionelle Pflichtfächer wie Deutsch, Mathematik, Geschichte, Geografie und Religion gelehrt werden. Dass aber auch für das spätere Berufsleben wichtige Inhalte vermittelt werden, wie sie in einer zweiten Fremdsprache, in Informatik und in Staatsbürgerkunde zu finden sind. Dass sich als Sprachen Französisch oder Spanisch anbieten, die seit den Kolonialzeiten noch in vielen Ländern gesprochen werden. Dass ohne Kenntnisse in Informatik die Welt der Bits und Bytes ein Buch mit sieben Siegeln bleibt. Und dass Staatsbürgerkunde nicht nur den deutschen Staat mit seinen Organen und Gesetzen erläutert, sondern auch mit praktischen Dingen wie dem Verfassen einer Bewerbung, dem Abschluss von Verträgen und dem Umgang mit Geldangelegenheiten vertraut macht. Und sie erlangen Kenntnis darüber, dass in der Oberstufe zu den bestehenden Fächern diverse Wahlfächer hinzugefügt werden können. Dass im Bereich der Naturwissenschaften Physik, Chemie, Biologie oder speziell Automatisierung und Digitalisierung zur Auswahl stehen. Dass man sich auf kultureller Ebene für Literatur, Musik oder Kunst entscheiden kann, wobei Literatur die Mitwirkung in einer Schreibwerkstatt, Musik das Erlernen eines Instruments und Kunst die Teilnahme an Mal- und Zeichenkursen einschließt. Dass man sich in Wirtschafts- und Sozialkunde mit dem Marktgeschehen und den sozialen Auswirkungen vertraut machen kann. Und dass weitere Fremdsprachen wie Russisch, Mandarin oder Arabisch erlernt werden können.

Kepler ergreift Lunas Hand. „Da bist du ja bestens gerüstet. Alle erwähnten Sprachen beherrschst du.“

„Nicht ganz. Bei Mandarin und Arabisch gibt es noch einige Lücken.“

„Nun sei mal nicht kleinlich. Auf jeden Fall warst du deiner Zeit voraus, als du dich genau mit diesen Sprachen befasst hast.“ Kepler gibt Luna einen Kuss.

„Wie du siehst, kommt man auch mit einer Sprache zurecht. Auf dem Mond verständigt ihr euch doch alle nur auf Englisch.“ Luna küsst Kepler.

„Mag sein. Aber wenn bei uns einer was zu meckern hat oder sonst irgendwie schlecht drauf ist, drückt er sich in seiner Muttersprache aus. Und da wüsste ich manchmal gern, was der so von sich gegeben hat."

„Bist du sicher, dass du immer alles verstehen möchtest?"

Kepler denkt einen Moment nach. „So habe ich das noch gar nicht gesehen. Vielleicht hast du recht."

„Ich habe immer recht." Luna lacht.

Kepler nimmt sie in den Arm.

Der Chauffeur geht noch kurz auf den Hochschulkomplex ein und erklärt, dass sich dieser in drei Teile gliedert: Das Meister-Institut. Die Hochschule für angewandte Wissenschaften. Und die Universität. Dass die Studierenden teils in Wohnheimen auf dem Campus, teils in Privatunterkünften wohnen. Dass für die Meisterausbildung Mittlere Reife und Gesellenprüfung ausreichen, während die Zulassung zu den Hochschulstudien in der Regel das Abitur voraussetzt. Dass diese Regel aber Ausnahmen akzeptiert, wenn der Studierende auf dem Gebiet seines Studienfachs jahrelange Berufspraxis vorweisen kann.

Kepler und Luna erfahren, dass das Studium an beiden Hochschulen aus einem Grundstudium mit Bachelor- und einem Spezialstudium mit Master-Abschluss besteht. Dass an der Universität die klassischen Studienfächer der Geistes- und Naturwissenschaften gelehrt werden, während sich die Hochschule für angewandte Wissenschaften mit den wirtschaftlichen und technischen Studienfächern beschäftigt. Und dass letztere ein Auslandssemester für den Bachelor-Abschluss und ein berufliches Praktikum für den Master-Abschluss vorschreibt.

Der Chauffeur ergänzt noch, dass die Zulassung zu Studienfächern mit begrenzter Aufnahmekapazität nicht mehr vom Numerus Clausus abhängt. Dass man erkannt hat, aus einem Abiturienten mit Einser-Schnitt noch lange keinen guten Arzt machen zu können. Und dass deshalb die alten Regularien für die Zulassung zum Studium geändert wurden. Dass erstens nur eine bedarfsorientierte Fächerwahl möglich ist, solange das Kontingent nicht ausgeschöpft wurde. Und dass zweitens eine gewisse Eignung vorhanden sein muss, die schon mit einem vergleichbaren Praktikum nachgewiesen werden kann. „Nehmen wir das Medizinstudium. Wer etwa Kardiologe werden will, kann nur zugelassen werden, wenn noch Bedarf an diesen Fachärzten besteht und Erfahrungen zum Beispiel im Sanitätsdienst gesammelt wurden.“

Das trockene Wetter hat sich bis jetzt gehalten. Nur mit der Ruhe ist es schlagartig vorbei. Damit ist nicht der Campus gemeint, wo ein ständiges Kommen und Gehen von Studenten und Professoren zu beobachten ist, das sich aber nahezu lautlos abspielt. Gemeint ist der Hof des Internats, der von den Schülern der unteren Klassen regelrecht gestürmt wird, woraufhin sich ein ohrenbetäubender Lärm ausbreitet.

Der Chauffeur sieht den passenden Zeitpunkt gekommen, mit Kepler und seinen Begleitern das Gelände so schnell wie möglich zu verlassen, um das nächste Ziel anzusteuern.

*

Vorletzter Halt ist das Gesundheitszentrum. Auch hier werfen Kepler und seine Begleiter einen Blick auf das weitläufige Gelände, das sich aus einem Klinikverbund, einem Genesungszentrum und einer Einrichtung für Hilfsbedürftige zusammensetzt.

Der Chauffeur erklärt, wie das Ganze organisiert ist. Dass der Klinikverbund für das gesamte Nürnberger Land zuständig ist, kommunal verwaltet wird und aus dem Kreiskrankenhaus, der Frauen- und der Kinderklinik besteht. Dass die Architektur der Klinikgebäude nicht nur ihren Zweck erfüllen, sondern vor allem zur Heilung der Patienten beitragen soll. Dass dem Kreiskrankenhaus ein Medizinisches Versorgungszentrum und ein Ärztlicher Bereitschaftsdienst angeschlossen sind. Dass das Medizinische Versorgungszentrum mit angestellten Ärzten und Zahnärzten an die Stelle der Praxen mit freiberuflich tätigen Ärzten und Zahnärzten tritt, was der überhandnehmenden Bürokratie zu verdanken ist. Dass der Ärztliche Bereitschaftsdienst mit der ambulanten Behandlung von Notfällen betraut ist, während auf den jeweiligen Stationen deren stationäre Behandlung erfolgt und der Notarzt wiederum nur am Ort des Geschehens und während des Krankentransports Erste Hilfe leistet. Dass zum Genesungszentrum ein Rehabilitations-Center und ein Suchtbekämpfungs-Center gehören. Und dass die Einrichtung für Hilfsbedürftige je ein Senioren-, Behinderten- und Pflegeheim sowie ein Hospiz umfasst.

Kepler erfährt, dass es für alle Patienten eine einheitliche Bürgerversicherung gibt, die sämtliche notwendigen Behandlungen abdeckt. Dass darunter Impfungen, Vorsorgeuntersuchungen, Erste Hilfe, stationäre Leistungen, Rehabilitationsmaßnahmen, Pflegedienste und Medikamente fallen. Und dass für ambulante Arzt- und Zahnarztbehandlungen Zusatzversicherungen abgeschlossen werden können. Inzwischen weiß er auch, dass alle Informationen zum Gesundheitszustand eines Patienten auf dessen eingepflanztem Chip gespeichert sind.

Sorgen bereitet dem Chauffeur der zunehmende Pflegenotstand. „Die Leute werden immer älter und die Pflegekräfte immer weniger. Kein Wunder bei der hohen Arbeitsbelastung und der nach wie vor unangemessenen Bezahlung. Mittlerweile übernehmen Roboter die Arbeit. Die sind auf Dauer zwar belastbarer. Haben aber auch ihren Preis. Und die zwischenmenschlichen Beziehungen bleiben auf der Strecke.“

Luna schüttelt den Kopf. „Das ist umso unverständlicher, je mehr man versucht, den Alterungsprozess positiv zu beeinflussen.“ Dann schildert sie, dass man die Züchtung gesunder Organe, gegebenenfalls auch deren 3D-Druck, als Ersatz für erkrankte plant. Dass damit die Organspende ersetzt und der Organhandel unterbunden würde. Dass man den Selbstheilungsprozess von erkrankten Zellen durch entsprechende Medikation anregen will. Dass man gezielt Gene aktivieren will, um das Älterwerden zu verlangsamen. Und dass man die Nanotechnologie einsetzen will, um Computer- und Magnetresonanztomografie auf ein Miniformat zu reduzieren.

Kepler weiß nicht, was er zu alledem sagen soll. Auf dem Mond wird dieses Thema jedenfalls noch nicht diskutiert. Und hier auf der Erde genießt er jetzt lieber die frische Luft und zwischendurch den Regen, anstatt sich über das Alter Gedanken zu machen.

*

Als letzte Station der Rundfahrt wird das Versorgungszentrum angesteuert. Hier ist, wie beim Freizeitzentrum, eine Begehung nicht erforderlich, zumal die einzelnen Einrichtungen ohnehin nicht zugänglich sind. Sicherheit wird hier besonders ernst genommen. Hängt doch die Versorgung von Millionen von Bürgern davon ab.

Der Chauffeur erklärt, in welche Aufgabenbereiche das kommunale Unternehmen gegliedert ist. Dass das Versorgungszentrum das gesamte Nürnberger Land abdeckt und aus Versorgung, Entsorgung, Recycling, Infrastrukturpflege und Digitalen Medien besteht.

Kepler und Luna erfahren, dass die Versorgung mit Energie den Kernbereich darstellt. Dass Öko-Strom vorerst nur aus Sonnenstrahlen, Wind und Meerwasser gewonnen, mit Hilfe von Photovoltaikanlagen, Windparks und Gezeitenkraftwerken aufbereitet und über unterirdische Stromtrassen nach Bayern transportiert wird, weil fossile Brennstoffe rar geworden sind und Wasserkraft aus Flüssen, Seen und Talsperren wegen der zunehmenden Trockenheit kaum noch genutzt werden kann. Dass künftig aber umweltfreundlich betriebene Fusionskraftwerke den steigenden Öko-Strombedarf decken werden. Mit wenig Abfall und ohne die Gefahr einer Kernschmelze. Und dass mit diesem Öko-Strom auch Heizungen und Klimaanlagen betrieben werden. Dass ferner Salzwasser, dank des steigenden Meeresspiegels, in Meerwasserentsalzungsanlagen an der Nordsee in Trinkwasser umgewandelt und über Pipelines nach Bayern geleitet wird. Sie hören, dass Entsorgung und Recycling ein weiteres wichtiges Betätigungsfeld darstellen. Dass dieses die Müllabfuhr, das Müllheizkraftwerk, die Mülldeponie und die Müllwiederverwertung sowie das Klärwerk umfasst. Dass der unbrauchbare Müll im Müllheizkraftwerk verbrannt, der Giftmüll auf der Mülldeponie entsorgt und der wiederverwertbare Müll dem Recycling zugeführt wird. Dass mit der Müllverbrennung Fernwärme erzeugt wird, die ebenfalls zum Heizen genutzt werden kann. Und dass im Zusammenhang mit dem Recycling Altmetalle inzwischen größere Rohstoffquellen bilden als die noch verfügbaren Rohstofflagerstätten in der Natur. Sie nehmen zur Kenntnis, dass die Infrastrukturpflege einmal die Reinigung von Straßen und Plätzen sowie der Kanalisation, ferner die Pflege von Parks und sonstigen Grünanlagen und schließlich den Winterdienst betrifft. Und sie werden dahingehend informiert, dass unter die Digitalen Medien die Installation und Wartung von Glasfaserkabeln fällt, die das Telefonnetz, das Internet und das Kanalsystem für Radio und Fernsehen vereinen.

Kepler ist sich im Klaren darüber, dass dieses Zentrum besonderen Gefahren ausgesetzt ist. Ein gravierender Fehler in den eigenen Reihen oder ein Cyberangriff von außen genügt, um eine ganze Region ins Chaos zu stürzen.

*

147

Der Tag neigt sich dem Ende zu. Kepler und seine Begleiter treibt der Hunger in die Historische Bratwurstküche. Man kann drinnen oder draußen sitzen. Nur sind alle unter Schirmen geschützten Plätze im Freien belegt. So müssen sie mit den Innenräumen vorliebnehmen. Das hat aber seinen besonderen Reiz. Denn in dem alten Gemäuer sitzen sie nicht nur gemütlich, sondern lassen sich auch ein wenig in die alte Zeit zurückversetzen. Nur Kepler vermisst die frische Luft, was bei den andern auf Verständnis stößt. Nichtsdestotrotz. Das Essen schmeckt der Gruppe auch unter den gegebenen Umständen vorzüglich. Zwar werden die Rostbratwürste alternativ als ‚Saure Zipfel‘ mit Zwiebeln im Frankenweinsud angeboten. Sie alle haben sich aber für die Original-Rostbratwürste im Achter-Pack entschieden. Und sie haben die richtige Wahl getroffen.

Der Gründer des Hauses, der sich die Nürnberger Rostbratwurst einst als Marke hat schützen lassen, warb damit, dass seine Wurst von einem heimischen Metzger stammte, roh auf den Rost gelegt und über Buchenholz gebraten wurde. Und nicht vorher in der Fritteuse behandelt oder gebrüht wurde. So original eben, wie es früher üblich war. Und das schmecken die Gäste noch heute heraus, selbst wenn sie nicht unbedingt Feinschmecker sind.

Neunter Tag

An diesem Vormittag wartet ein anderer Nürnberger City-Guide vor dem Hotel. Erstmals handelt es sich um eine Frau. Sie ist noch jung, trägt die roten Haare kurz geschnitten, ist nur etwa eins fünfzig groß und vollschlank, dafür aber umso temperamentvoller. Die Sehenswürdigkeiten, die sie ankündigt, sind von der Altstadt etwas weiter entfernt, so dass nur eine Rundfahrt infrage kommt. Wie in München, geschieht dies mit einem kleinen Elektrobus. Auch dieser Bus fährt autonom und bezieht seinen Strom induktiv aus der Fahrbahn. Die Route startet am Verkehrsmuseum. Von dort geht es weiter zum St.-Johannis-Friedhof und schließlich zum ehemaligen Reichsparteitagsgelände, bevor die Tour am Verkehrsmuseum wieder endet.

Kepler, Luna und die Schattenmänner machen es sich im Kleinbus bequem. Zunächst werden sie zum Verkehrsmuseum gebracht, wo die erste Besichtigung ansteht. Gemeinsam steigen sie aus und folgen der Führerin ins Museum. Was dort gezeigt wird, ist durchaus sehenswert. Zum einen ist es die Eisenbahnabteilung, die über eine Modellbahn sowie über Originale und Nachbildungen berühmter Loks und Waggons verfügt. Hinzu kommen Signal- und Fernmeldeanlagen. Zum anderen ist es die Postabteilung, in der die Geschichte der Post im bayerischen Raum, die Entwicklung der Fernmeldetechnik und eine umfangreiche Briefmarkensammlung gezeigt werden. Paradestück aber ist der Original-Nachbau der ‚Adler‘, die als erste Lokomotive der deutschen Eisenbahn zwischen Nürnberg und Fürth verkehrte.

Kepler, der vor drei Tagen im hochmodernen Fernzug von München nach Nürnberg gesessen hat, ist sich jetzt erst im Klaren darüber, welche Welten zwischen den Zügen von damals und von heute liegen.

Weiter geht die Fahrt im Uhrzeigersinn zum St.-Johannis-Friedhof. Schon beim Betreten des Friedhofs begreift der Betrachter, warum diese Begräbnisstätte als eine der schönsten Ruhestätten Europas gilt. Auf dem über siebenhundert Jahre alten Friedhof erlebt der Besucher zwei Besonderheiten. Zum einen die großen, nicht stehenden, sondern liegenden Grabsteine mit ihren kunstvollen Epitaphien. Zum anderen die mittendrin angelegten Grabstätten berühmter Nürnberger wie zum Beispiel Albrecht Dürer und Veit Stoß. Auch der Lokomotivführer der ‚Adler‘ wurde hier begraben. Der ganze Gottesacker wirkt wie ein einziges großes Kunstwerk.

Kepler und seine Begleiter erfahren, dass Nürnberger Bürger bis heute unter den alten Grabsteinen bestattet werden können. Allerdings mit der Einschränkung, dass äußerlich nichts verändert werden darf. Nur die Anbringung eines kleinen Namensschilds ist erlaubt.

Letzter Halt ihrer Rundfahrt ist das ehemalige Reichsparteitagsgelände, auf dem noch gut erhaltene Spuren der Nazi-Zeit zu finden sind. Auf die die Stadtväter aber keineswegs stolz sind. So ragt beispielsweise der riesige, die Form eines Hufeisens bildende Torso der Kongresshalle heraus. Ferner ist noch die zwei Kilometer lange und sechzig Meter breite ‚Große Straße‘ zu erkennen, auf der die

Nazis ihre martialischen Aufmärsche zelebrierten. Und nicht zuletzt fällt die gigantische Tribüne am Zeppelinfeld aus dem Rahmen, deren Hakenkreuzsymbol die Amerikaner gesprengt haben. Der Rundgang durch das weitläufige Areal offenbart den Größenwahn der Nationalsozialisten.

Kepler, Luna und die Schattenmänner nutzen die Gelegenheit, im Dokumentationszentrum Reichsparteitagsgelände mehr über diese schreckliche Epoche deutscher Geschichte zu erfahren. Zumal sich der gewählte Zeitpunkt geradezu anbietet. Wird doch in diesem Jahr – dem Jahr 2089 – zum hundertfünfzigsten Mal an den Beginn des Zweiten Weltkriegs erinnert, den niemand anderes als die Nazis angezettelt haben.

*

Der Chauffeur holt Kepler, Luna und die Schattenmänner am Verkehrsmuseum ab. Die Fahrt führt zunächst ins Nürnberger Land, wo sie erst ein Dorf besuchen, das der Landflucht mit neuen Ideen Paroli bietet, ehe sie in einer Gemeinde Station machen, in der Keplers Ur- und Ururgroßvater gelebt haben. Was das Wetter angeht, sind vorerst keine Anzeichen von Regen zu erkennen. Bleibt nur zu hoffen, dass die Wetterfrösche mit ihrer Voraussage mal wieder danebenliegen.

Sie erreichen zunächst das Dorf, das einen gepflegten Eindruck hinterlässt. Das war nicht immer so, wie der Chauffeur, der den Bürgermeister gut kennt, verrät. Der Wegzug der Jungen in die Großstadt und das Aussterben der Alten versetzten das einstige Kleinod in einen Dornröschenschlaf, aus dem es nicht mehr zu erwachen drohte.

Doch dann hatte der Bürgermeister eine Idee, die schon in kürzester Zeit alles verändern sollte. Er setzte sich mit den verbliebenen Bauern zusammen und schlug ihnen vor, Ferien auf dem Bauernhof für Familien mit Kindern anzubieten. Die Erkenntnis, dass viele Buben und Mädels gar nicht mehr wissen, woher das Fleisch und die Eier, die sie essen, sowie die Milch, die sie trinken, stammen, war Anlass genug, die Initiative zu ergreifen und die Leute aus der Stadt aufs Land zu locken.

Und so kam es, dass die Bauern, deren Nachwuchs ihren Hof nur weiterführen wollte, wenn es einen Anreiz dafür gab, ihr Wohnhaus in ein Gästehaus umwandelten. Platz war im Haus oft genug vorhanden. Und angebaut werden konnte in den meisten Fällen auch noch, um zusätzlichen Wohnraum zu schaffen. Die Modernisierungsmaßnahmen hielten sich in Grenzen. Man wollte ja vor allem den Stadtkindern das Leben auf dem Land näher bringen. Und dafür brauchte man keinen Luxus.

Mit Hilfe des Bürgermeisters wurden im Internet Anzeigen aufgegeben, die bis heute auf großes Interesse stoßen. Dabei zeigt sich immer wieder aufs Neue, dass übermäßiger Komfort nicht gefragt ist. Die Kinder sollen das Landleben kennenlernen, das schon immer härter war als das Leben in der Stadt. Sie sollen beim Betreten von Feld und Wald lernen, mit der Natur schonend umzugehen. Und sie sollen beim Umgang mit Nutztieren wie Kühen, Schweinen, Schafen, Ziegen, Hasen, Gänsen, Enten und Hühnern lernen, woher das Fleisch und die Eier, die sie essen, sowie die Milch, die sie trinken, stammen. Das Projekt ist bis heute ein Riesenerfolg.

„Einen Bauernhof würd ich auch gern mal von innen sehen." Kepler steht mit seinen Begleitern vor der Einfahrt eines Hofes.

„Leider kenn ich hier keinen Bauern. Aber ich könnt den Bürgermeister mal fragen." Der Chauffeur zückt sein mobiles Allzweckgerät und telefoniert mit dem Dorfvorsteher, der kurzerhand zusagt und Minuten später erscheint.

Nach längerer Begrüßung – die beiden haben sich seit einem Jahr nicht mehr gesehen – einigen sie sich auf einen Besuch des Bauern, vor dessen Hof sie sich gerade befinden. Der Bürgermeister geht voran. Die Gruppe folgt ihm.

Der Bauer höchstpersönlich öffnet die Tür. Über den unangemeldeten Besuch ist er nicht gerade erfreut. Erst als er erfährt, dass kein Geringerer als der erste auf dem Mond geborene Mensch vor ihm steht, zeigt er ein freundliches Lächeln. Und schlau, wie er ist, wird ihm sofort klar, dass sein besonderer Gast noch nie auf einem Bauernhof gewesen ist und somit auch noch nie Kühe und Kälber, Schweine und Ferkel, Schafe und Lämmer, Hühner und Küken und dergleichen mehr zu Gesicht bekommen hat.

Ohne lange zu zögern, führt er Kepler und seine Begleiter mitsamt dem Bürgermeister in die erstaunlich modernen Stallungen. Erst zu den muhenden Kühen, die gerade gemolken werden, und ihren Kälbern. Dann zu den gut genährten Schweinen, die sich quiekend im Schlamm suhlen, und ihren Ferkeln. Weiter geht es zu den nackten und blökenden Schafen, die zuvor von ihrer Wolle befreit wurden, und ihren Lämmern. Und schließlich zu den gackernden Hühnern samt krähendem Hahn und ihren Küken. Auch zwei Esel und ein Pferd, das eben gesattelt wird, zeigt er seinem Gast.

Kepler bedankt sich bei dem Bauern dafür, dass er das noch während seines irdischen Besuchs erleben durfte. Nur Hühner und Küken waren ihm vom Mond her geläufig.

Der aber hat jetzt erst die richtige Betriebstemperatur erreicht und führt die Gruppe zuerst in die Scheune, in der sich die Strohballen stapeln und an deren Decke einige Schwalbennester kleben. Dann in die Halle mit den Landmaschinen, darunter ein hochmoderner Traktor. Anschließend noch in sein Wohnhaus mit der guten Stube als Vorzeigeobjekt. Und zuletzt in das angebaute Gästehaus mit insgesamt drei Ferienwohnungen, die in Kürze alle wieder belegt sein werden.

Nun bedankt sich auch der Bürgermeister für das Entgegenkommen des Bauern. Der Chauffeur, Luna und die Schattenmänner schließen sich mit einem Händedruck an.

Der Dorfvorsteher empfiehlt noch, einen Blick in die neue Seniorenresidenz zu werfen. Voller Stolz verkündet er, dass er einen Investor dazu überreden konnte, dieses wahrhaft gelungene Bauwerk am Rande des Dorfes auf der grünen Wiese zu errichten. Und tatsächlich. Das Vorhaben ist ein voller Erfolg geworden. Ein kleiner Rundgang bestätigt das. Die ganze Anlage strahlt eine wohltuende Atmosphäre aus. Die Einrichtung wirkt geschmackvoll. Die gemütlichen Appartements sind allesamt belegt. Und das alles nicht mal zu einem niedrigen Preis.

*

Ein paar Kilometer weiter erreichen sie die Gemeinde, in der Keplers Ahnen gelebt haben. Im Ortskern befinden sich noch die alten Häuser, die Ende des 19. beziehungsweise Anfang des 20. Jahrhunderts errichtet worden sind. Der größte Teil davon besitzt einen Anbau mit einer Werkstatt.

Der Chauffeur erklärt, dass die nicht mehr bewohnten Häuser um das Dorf herum Anfang des 21. Jahrhunderts abgerissen und durch Neubauten mit Ferienwohnungen ersetzt worden sind, was sich bis heute auszahlt. „Für die Touristen ist der Ort ein wahres Eldorado. Im Ortskern zeigen Handwerker ihre Künste nach alter Tradition. In die alte Reichsstadt Nürnberg gibt es einen S-Bahn-Anschluss. Und in der nahe gelegenen Fränkischen Schweiz kann man ausgiebig wandern und auf das Walberla steigen."

Der anschließende Rundgang durch das Handwerkerquartier bestätigt, dass die kleine Gemeinde nichts von ihrem Charme verloren hat. Ganze Scharen von Besuchern drängen sich in den engen Gassen und in den Werkstätten, um den nach historischem Vorbild arbeitenden Handwerkern einfach nur über die Schulter zu schauen und dabei das eine oder andere Souvenir zu erwerben. Da gibt es den Hersteller von Holzspielzeug und jenen von Blechspielzeug, der Spieldosen, Springfrösche, Trommelaffen und dergleichen anfertigt. Da gibt es den Lebkuchenbäcker, den Glasmaler, den Goldschmied, den Zinngießer und den Keramiker, der Geschirr, Zierobjekte, Gartendekoration und ähnliches töpfert. Und da gibt es diejenigen Handwerker, die für die leiblichen Genüsse zuständig sind. So zum Beispiel für die Springerli – eine besondere Leckerei – oder die berühmten Rostbratwürste.

Luna zieht es in die eine oder andere Werkstatt. Sie ist fasziniert vom handwerklichen Geschick und der künstlerischen Begabung des dort arbeitenden Personals. Und sie kann sich an all den verlockenden Unikaten gar nicht satt genug sehen. Aber zu einem Kauf kann sie sich nicht durchringen.

Kepler, der Chauffeur und die Schattenmänner warten unterdessen geduldig auf das Ende ihres Streifzugs durch die Welt des Kunsthandwerks. Dann endlich taucht sie auf.

Kepler geht auf Luna zu. „Wie, du hast nichts gekauft?"

Der Chauffeur grinst. „Respekt. Das kommt bei Frauen eher selten vor."

Luna hebt warnend ihren Zeigefinger.

Kepler ergreift ihre Hand und gibt ihr einen Kuss.

„Wolltest du nicht nach Spuren deiner Ahnen suchen?"

„Das hier sind sie. Der Ortskern ist als einziges Überbleibsel erhalten geblieben. Mehr davon gibt es nicht." Die Suche nach dem einstigen Wohnhaus seines Ur- und Ururgroßvaters kann sich Kepler sparen. Vom Großvater, der als letztes Familienmitglied dort geboren wurde, weiß er, dass es längst nicht mehr existiert und durch einen Neubau mit Ferienwohnungen ersetzt worden ist.

Außer der Handwerkergilde gibt es im Ortskern noch eine uralte Kirche, die aber leider geschlossen ist. Was den Unterschied zum Dorf des Vaters und Großvaters im Münchner Umland ausmacht, ist das pralle Leben, wofür nicht nur Handwerker und Touristen sorgen. Einen wesentlichen Beitrag leisten auch die drei geöffneten Gaststätten, die die fränkische Wirtshaustradition hochhalten.

Kepler nimmt sie kurz unter die Lupe und entscheidet sich für das urigste Lokal. Gemeinsam mit Luna und dem Chauffeur betritt er die Dorfkneipe, die mit selbstgebrautem Bier wirbt. Die Schattenmänner halten draußen die Stellung.

Der Wirt sitzt mit ein paar alten Männern am Stammtisch. Sie alle starren die Fremden an, die an einem der übrigen Tische Platz nehmen und drei Bier bestellen. Der schweigsame Wirt lässt den Gerstensaft aus dem Zapfhahn laufen und bringt die gefüllten Gläser an den Tisch. Dann verschwindet er in der Küche, um kurz darauf mit einer Zeitung wieder herauszukommen. Er geht zum Stammtisch, breitet das Nachrichtenblatt aus und zeigt wortlos auf ein Foto. Die alten Männer starren auf das Bild und erkennen Kepler als den Mann vom Mond. Aber niemand sagt etwas.

Nachdem die Drei ihren Durst gestillt und das Bier bar bezahlt haben – die Möglichkeit, die gespeicherten Daten auf dem eingepflanzten Chip auszulesen, ist bis hierhin offenbar noch nicht durchgedrungen – verlassen sie das Lokal und gesellen sich zu den Schattenmännern.

Kepler schüttelt den Kopf. „Die haben mich erkannt. Und trotzdem schweigen sie."

Der Chauffeur klopft ihm auf die Schulter. „Seien Sie froh, dass Sie in Ruhe gelassen werden. Das sind die Franken. Die gehen mit Worten sparsam um."

„Ich bin ja froh, wenn ich in Ruhe gelassen werde. Aber wenn ich bedenke, wie neugierig die Menschen sonst sind, überrascht mich das schon."

„Wenn Sie die Franken erst mal näher kennengelernt haben, wundern Sie sich über gar nichts mehr." Der Chauffeur schaut auf seine Armbanduhr und meint, dass es jetzt Zeit wäre, sich auf den Weg in die Fränkische Schweiz zu machen.

Kepler ist einverstanden. Den hiesigen Friedhof zu besuchen, lohnt sich ohnehin nicht. Die Gräber seiner Ahnen sind längst verschwunden.

*

Im Naturpark zwischen Pottenstein und dem Walberla, wo Fels und Wald immer wieder eine Einheit bilden, bittet Kepler um einen kurzen Halt. Nicht, um auf einem der steilen Felsen herum zu klettern, was viel zu gefährlich wäre. Sondern, um den Geruch des Waldes aufzunehmen, wie es sein Großvater so schön formuliert hatte.

Die Fahrzeuge stoppen. Kepler, Luna und zwei der vier Schattenmänner steigen aus und betreten den Wald. Der Chauffeur und die beiden anderen Aufpasser bleiben zurück.

„Das also ist ein Wald." Kepler ergreift Lunas Hand und betritt den Waldboden, der unter seinen Tritten leicht nachzugeben scheint. „Genauso hat Großvater ihn beschrieben. Den weichen Boden, den moosigen Geruch und die unglaubliche Stille. Unterbrochen nur durch das Rauschen der Blätter, wenn, wie jetzt, ein leichter Wind aufkommt." Er riecht an der Rinde eines Baumstamms, geht weiter und stolpert.

Luna hält ihn fest. „Du musst aufpassen. Hier ragen überall Wurzeln aus dem Boden."

Plötzlich sind Laute zu hören. Erst ein Rufen, dann ein Klopfen.

Kepler hält eine Hand ans Ohr. „Hörst du das?"

Luna flüstert. „Du musst leise sein." Das Rufen und das Klopfen wechseln sich mehrmals ab. „Das Rufen kommt vom Kuckuck, das Klopfen vom Specht."

„Schade, dass man nichts sieht."

„Im Wald ist das besonders schwierig. Einen leibhaftigen Kuckuck habe ich noch nie gesehen. Nur ausgestopft im Museum."

„Und einen Specht?"

„Den sehe ich öfter bei mir zuhause. Ein Schwarzspecht. Der hämmert ständig gegen irgendeinen Baum in unserer Grünanlage."

„Das stelle ich mir interessant vor."

„Das kann auf Dauer aber nerven."

In diesem Augenblick mischt sich ein Quaken in den Wettstreit der beiden Vögel ein.

„Was war das?" Kepler hält wieder eine Hand ans Ohr.

„Ein Frosch. In der Nähe muss ein Tümpel oder ein Weiher sein."

Sie verlassen den Wald und gelangen über einen kurzen Waldweg zu einem kleinen Weiher. Wieder erklingt das Quaken eines Frosches. Als Kepler näher an das Gewässer herantritt, erschrecken sich beide. Er, der sich an Luna festklammert, ebenso wie die Amphibie, die mit einem

Riesensatz das Weite sucht und sich irgendwo unter den die Wasseroberfläche bedeckenden Rosen versteckt.

„Jetzt hast du ihn aufgeschreckt. Der lässt sich so schnell nicht mehr blicken. Und wenn er wieder auftaucht, wirst du ihn kaum zu Gesicht bekommen. Unter dem Grün der Blätter ist er bestens getarnt. Lass uns lieber zurückgehen. Die andern werden uns schon vermissen."

Kurz vor der Stelle, wo die Fahrzeuge warten, treffen sie auf einen Ameisenhaufen. Kepler ist fasziniert von den kleinen Tieren, die scheinbar planlos um den gewaltigen Hügel herum rennen. Da sie aber ständig irgendein Material wie kleine Blätter oder Nadeln heranschleppen, die zum Teil ein Mehrfaches ihres Körpergewichts ausmachen, begreift er, dass hinter dem ganzen Aufwand ein bestimmtes System steckt.

Das Hupen der Fahrzeuge durchbricht die Stille.

Luna muss jetzt ihre ganze Überzeugungskraft aufbieten, um Kepler von seiner letzten Entdeckung loslösen zu können. All die Wunderwerke der Natur kurz hintereinander zu erleben, war wohl doch zu viel auf einmal für den Mann vom Mond.

*

Der Fahrzeugtross hält vor einem Lokal, das sich ‚Zum Walberla' nennt und einen großartigen Blick auf den gleichnamigen Berg bietet. Für die Franken ist er so eine Art Pilgerstätte. Im Lokal selbst lockt das berühmte ‚Schäuferla', das fränkische Nationalgericht. Das gebratene

Schulterblatt vom Schwein wird mit knuspriger Kruste, frischen Klößen und Sauerkraut serviert.

Sie alle bestellen dieses Gericht. Für Kepler kann es keinen besseren Abschluss seines Frankenbesuchs geben. Zumal Hunger und Durst bei allen Beteiligten groß sind. Immerhin sind sie schon den ganzen Tag unterwegs.

Draußen beginnt es allmählich zu dämmern. Zuerst werden die Getränke serviert. Dann folgt das Essen. Die Stimmung könnte nicht besser sein. Nachdem sie ihr Festmahl beendet haben, gönnen sich drei der vier Schattenmänner noch ein Bier. Der vierte Mann und der Chauffeur trinken lieber nichts, obwohl ihre Fahrzeuge den Weg nach Nürnberg allein zurückfinden. Im Notfall aber müssen sie zur Stelle sein. Und da kann der Genuss von Alkohol zum Verhängnis werden.

Kepler und Luna begeben sich stattdessen ins Freie, um noch ein wenig Luft zu schnappen. Außerdem weiß Luna, dass für diesen Abend Vollmond angesagt ist. Und in der Tat. Als sie die Terrasse betreten und auf das ‚Walberla‘ schauen, sehen sie hoch über dem Berg den leuchtenden Mond in seiner vollen Größe.

„Na, wie findest du den Anblick deiner Heimat?"

„Einfach großartig. Aber eure Erde erscheint vom Mond aus viermal größer."

„Das muss ja gigantisch sein."

„Ist es auch."

Zehnter Tag

Kepler und seine Reisebegleiter warten auf dem Nürnberger Hauptbahnhof auf den von München nach Berlin fahrenden Zug. Ihre Stimmung verfinstert sich, als die Lautsprecherdurchsage eine fast halbstündige Verspätung des Fernzugs ankündigt. Auf der ersten Etappe von München nach Nürnberg war alles reibungslos verlaufen. Ausgerechnet jetzt, wo die viel längere Strecke nach Berlin – über Bamberg, Erfurt und Leipzig – vor ihnen liegt, muss sich die Bahn derart verspäten. Am Wetter kann es nicht liegen, selbst wenn es ein wenig zu regnen anfängt. Auch die neueste Technik sollte soweit ausgereift sein, dass Pünktlichkeit – noch dazu bei der Schnelligkeit des Fernzuges – garantiert ist. Und die auf derselben Trasse verkehrenden Güterfernzüge behindern den Bahnverkehr gleich gar nicht. Die sind nämlich nur nachts unterwegs, wenn die Personenbeförderung ruht.

Die Wartezeit überbrückt Kepler mit kurzen Rückblicken. Luna, der Chauffeur und die Schattenmänner hören zu. Er gesteht, dass er von Bayern und Franken begeistert ist. Von den Altstädten Münchens und Nürnbergs sowie einzelnen Sehenswürdigkeiten, die größtenteils unter Denkmalschutz stehen und von seinem Großvater nahezu präzise beschrieben worden sind. Von der herrlichen Natur mit ihrer Flora und Fauna, wie er sie am Tegernsee und in der Fränkischen Schweiz erleben durfte. Ebenso von der guten Küche mit ihren vielen Schmankerl und manch gutem Tropfen. Dass sein Großvater damals wieder in seine geliebte Heimat zurückkehren wollte, kann er heute nachvollziehen.

Er kann aber auch seinen Vater verstehen. Der will der Erde nicht nur wegen der Mutter fernbleiben, die ihre letzte Ruhe auf dem Mond gefunden hat. Der will ihr auch den Rücken kehren, weil auf ihr so viel Raubbau getrieben wurde, dass sie kaum noch zu retten ist. Die Zerstörung der Natur durch Flächenversiegelung, Flussbegradigung, Waldabholzung, Ressourcenverschwendung, Luft-, Boden- und Gewässerverschmutzung und die damit einhergehende Vernichtung von Lebensräumen für Flora und Fauna ist kaum noch aufzuhalten und führt zwangsläufig zu weltweiten Naturkatastrophen wie Gluthitze, Waldbrände, Missernten, Wassermangel, Orkane, Hochwasser, Sturmfluten, Erdrutsche, Felsabstürze, Eisschmelze, Seuchen und Artensterben.

Er ist sich dessen bewusst, dass ihm mit Erde und Mond nur die Wahl zwischen zwei unvollkommenen Welten bleibt. Oder anders ausgedrückt: Die Wahl zwischen Pest und Cholera.

Der verspätete Fernzug von München nach Berlin nähert sich und fährt endlich in den Nürnberger Hauptbahnhof ein. Sie betreten den Waggon mit den reservierten Sitzplätzen nach Berlin, suchen als Business-Class-Fahrgäste die obere Etage des Doppelstockwagens auf und nehmen Platz. Luna hat – wie beim letzten Mal – frühzeitig die Fahrkarten besorgt. Und ums Gepäck hat sich auch diesmal der Chauffeur gekümmert. Sekunden später schließen sich die Türen automatisch. Dann setzt sich der Fernzug langsam in Bewegung, ehe er volle Fahrt aufnimmt.

Kepler schaut während der Fahrt immer wieder aus dem Fenster, ohne die ihm gegenüber sitzende Luna zu vernachlässigen. In regelmäßigen Abständen ergreift er ihre Hand und wirft ihr liebevolle Blicke zu. Lediglich mit Rücksicht auf seine Begleiter verzichtet er auf intimere Verhaltensweisen. Interessant findet er die extremen Unterschiede zwischen den an der Strecke gelegenen Städten und Dörfern, was die Bevölkerungsdichte angeht. Die Metropolregionen Nürnberg, Leipzig und Berlin sowie die Großräume Bamberg und Erfurt sind dicht besiedelt. Anders dagegen die kleineren Städte und Dörfer vor allem nördlich des Mains, im Thüringer Wald, im südlichen Harz und im Fläming, die nur dünn besiedelt, mitunter sogar verwaist sind. Interessant findet er auch die klimatischen Unterschiede. Je weiter sie nach Norden vorstoßen, desto kühler wird es. Sogar die Niederschläge nehmen zu. Zwischen Nürnberg und dem Gebiet südlich des Mains regnet es bereits häufiger, obwohl es noch ähnlich warm ist wie auf der nördlich der Donau verlaufenden Strecke von Ingolstadt bis Nürnberg. Aber schon nördlich des Mains – über den Thüringer Wald hinweg und in den südlichen Harz hinein – kühlt die Luft deutlich ab. Und auch der Regen wird stärker. Hinzu kommt der Wind, der auf den Höhen des Thüringer Mittelgebirges orkanartige Züge annimmt und selbst auf dem flachen Land nach Norden hin noch über genügend Reserven verfügt. Etwas wärmer, trockener und windstiller wird es erst wieder ab dem Fläming bis Berlin.

Ein technisches Meisterwerk ist die durch den Thüringer Wald führende Bahnstrecke. Zweiundzwanzig Tunnel sind zu durchfahren und neunundzwanzig Talbrücken zu überqueren. Vor lauter bahntechnischen Bauwerken ist allerdings so gut wie nichts vom Thüringer Mittelgebirge zu sehen. In den Tunnels ohnehin nicht. Und auf den Brücken auch nicht, weil Schallschutzwände den Blick in die Tiefe beziehungsweise in die Ferne versperren.

Nach gut drei Stunden Fahrt und nach wie vor halbstündiger Verspätung erreicht der Fernzug den Tiefbahnhof des Berliner Hauptbahnhofs. Es handelt sich um den ersten Hauptbahnhof der Stadt, nachdem es bis zur Teilung Deutschlands und Berlins in Ost und West einen Kranz von Kopfbahnhöfen gab. Zwei Trassen kreuzen sich auf übereinander angelegten Ebenen. Die obere, der Hochbahnhof, verläuft auf dem alten Viadukt in Ost-West-Richtung. Die untere, der Tiefbahnhof, als neue Nord-Süd-Linie mit Unterquerung der Spree und des Regierungsviertels. Außer Fernzügen nutzen Regional- und S-Bahnen die beiden Trassen. Eine U-Bahn-Linie verkehrt unterhalb des Tiefbahnhofs. Von einem Nebenbahnhof aus fahren eine Magnetschwebebahn nach Hamburg und ein Hyperloop nach Potsdam. Fahrstühle und Rolltreppen verbinden die Ebenen miteinander. An den Eingängen befinden sich Sicherheitsschleusen, die erst passiert werden können, wenn die auf dem eingepflanzten Chip gespeicherten Daten keine negativen Einträge enthalten. Wer eine Fahrkarte am Automaten kauft, kann die Bezahlung ebenfalls über den eingepflanzten Chip abwickeln. Dazu muss er eine Taste drücken, die das Auslesen der benötigten Chip-Daten per Laser ermöglicht. Zeitgleich mit der Fahrkarte wird eine Wegbeschreibung zum nächsten Zug ausgedruckt. Über deren Barcode kann wiederum die Gepäckbeförderung mit Hilfe eines Service-Roboters aktiviert werden.

Kepler und seine Begleiter verlassen den Zug. Der Chauffeur erkundigt sich am Informationsschalter nach dem Standort der beiden reservierten Mietwagen und nimmt die Schlüssel in Empfang. Gemeinsam begeben sie sich zum Stellplatz der Fahrzeuge. Wieder handelt es sich um zwei autonom fahrende Elektroautos. Der Chauffeur, Kepler und Luna nehmen in der Limousine Platz, die vier Schattenmänner im Transporter. Dann machen sie sich auf den Weg zum Hotel im Osten Berlins.

*

Das Hotel ist in einem Gebäude untergebracht, das 1900 in quadratischer Form mit Innenhof errichtet wurde. An der Fassade rundum fallen die Sprossen- und Rundbogenfenster auf. Die Mitte und die Ecken aller vier Fronten schmücken reich verzierte Balkone. Historische Laternen sorgen für die Außenbeleuchtung. Im äußeren Hof befindet sich ein Tiefparkhaus für Hotelgäste, die mit dem Auto anreisen. Hier werden auch die beiden Mietwagen abgestellt.

Beim Betreten der Rezeption fällt die stilvolle Einrichtung auf, zu der auch bequeme Sessel gehören. Der ältere Herr am Empfang richtet beim Einchecken der neuen Gäste ein Lesegerät auf Keplers Sondererlaubnis sowie auf die eingepflanzten Chips seiner Begleiter und informiert sie sogleich über das bereits auf die Zimmer gebrachte Gepäck. Dann sehen sie sich in der Bar um, wo ihnen ein fast schon antiquarisches Klavier auffällt, ehe sie noch einen Blick ins Restaurant mit dem dazugehörenden Innenhof werfen, dessen Hydrokultur Gewächshausatmosphäre ausstrahlt. Erst jetzt suchen sie ihre Zimmer auf. Und – wie schon in Nürnberg – nutzen Kepler und Luna die Gelegenheit, zu duschen und sich anschließend in den Betten zu vergnügen. Denn viel Zeit bleibt ihnen nicht mehr bis zu Keplers Rückkehr auf den Mond.

*

Der Chauffeur hat für den freien Nachmittag vorgesorgt. Um die knappe Zeit in Berlin optimal nutzen zu können, hat er bereits für den Ankunftstag einen City-Guide engagiert. Der Zweimetermann, der im dichtesten Gedränge nicht zu übersehen ist, wird sie zunächst auf einem Rundgang durch den Osten der Stadt begleiten. Auf der Prachtstraße ‚Unter den Linden‘ geht es vom Brandenburger Tor bis zum Schlossplatz und weiter über das Nikolaiviertel und das Rote Rathaus bis zum Fernsehturm. Dort ist ein Besuch der Aussichtsplattform vorgesehen. Danach nimmt er sie auf eine Rundfahrt zu Relikten der ehemaligen DDR mit, deren Niedergang sich mit dem Fall der Berliner Mauer zum hundertsten Mal jährt. Zum Tagesabschluss wird dann im ältesten Berliner Lokal ‚Zur Letzten Instanz‘ eingekehrt.

Kepler wirft als erstes ein Auge auf die Sicherheitsvorkehrungen und muss erkennen, dass in der deutschen Hauptstadt alles ein wenig lascher gehandhabt wird. Zwar patrouillieren auch hier Polizisten mit und ohne Kampfhund. Aber Sicherheitsschleusen sind nirgendwo zu sehen. Der City-Guide erklärt ihm, dass diese nur in den Regierungsvierteln des Bundes und des Landes Berlin zu finden sind. Dass auch der Einsatz von Videokameras eher sparsam ausfällt. Und wenn, dann nur an absoluten Brennpunkten. Dass es ein derart rigoroses Vorgehen gegen Kriminelle – wie in Bayern – hier ohnehin nicht gibt. Dass man sich bei Randale linker oder rechter Gruppen, denen jede Art von Gewalt recht ist, mit Wasserwerfern begnügt. Und dass nur dann, wenn das Ganze aus dem Ruder zu laufen droht, mit Gummiknüppeln auf die Vermummten eingeprügelt wird. Dass man aber gegen deren Maskerade bis heute nichts unternommen hat.

Den Rundgang beginnt der Zweimetermann am Brandenburger Tor. „Wir stehen jetzt vor dem Brandenburger Tor. Es wurde nach Motiven der Propyläen in Athen errichtet. Auf dem Tor thront eine Quadriga. Hier hielten die Preußen ihre Siegesparaden ab. Hier fanden die Fackelzüge der Nazis statt. Und hier verschandelte die den Osten vom Westen trennende Mauer achtundzwanzig Jahre lang das Wahrzeichen unserer Stadt. Genießen Sie jetzt den Gang durch das Tor und denken Sie daran, dass dies den Berlinern während fast drei Jahrzehnten nicht vergönnt war.“

Kepler und seine Begleiter durchschreiten das Tor und befinden sich sogleich auf der Prachtstraße ‚Unter den Linden‘.

Der City-Guide gibt jetzt Erklärungen zu den einzelnen Highlights ab. Er erzählt, dass der Gendarmenmarkt als Berlins schönster Platz gilt. Dass er vom einstigen Schauspielhaus dominiert und dieses wiederum vom Deutschen und Französischen Dom flankiert wird. Dass die Kathedrale St. Hedwig der einzige friderizianische Kirchenbau Berlins ist und als Kuppelbau nach dem Vorbild des römischen Pantheons errichtet wurde. Dass die Neue Wache als Wachgebäude nach dem Muster eines römischen Kastells erbaut wurde. Dass das benachbarte Zeughaus das älteste Bauwerk an der Straße ‚Unter den Linden‘ ist. Dass die bedeutendsten Museen auf der Museumsinsel das Pergamonmuseum und die Alte Nationalgalerie sind. Dass in Ersterem der Pergamonaltar als einmaliger Schatz gilt. Dass der Berliner Dom als Hauptkirche des preußischen Protestantismus im Kirchenraum und in der Hohenzollerngruft Gräber des preußischen Herrscherhauses beherbergt. Dass das ehemalige Stadtschloss wieder aufgebaut wurde und seitdem als Museum genutzt wird. Dass es sich beim Nikolaiviertel um eine Alt-Berliner Milieu-Insel mit historischen Bauten wie der Gerichtslaube des mittelalterlichen Rathauses handelt. Und dass die Steinerne Chronik am Roten Rathaus aus der Geschichte Berlins berichtet.

Am Ende des Rundgangs erreichen sie den Fernsehturm. Sie fahren bis zur Aussichtsplattform in über zweihundert Metern Höhe hinauf. Oben erwartet sie eine großartige Aussicht sowohl auf den zu Füßen liegenden Stadtbezirk Mitte als auch auf die weit hinaus reichende Metropole mitsamt ihrem Umland.

*

Am späten Nachmittag brechen sie mit dem City-Guide zu einer Rundfahrt auf, die sie an die ehemalige DDR erin-

170

nern soll. Sie benutzen erneut einen autonom fahrenden kleinen Elektrobus wie in München und Nürnberg. Die an den früheren Arbeiter- und Bauernstaat erinnernden Relikte verteilen sich auf den östlichen und den westlichen Teil der Stadt.

Erste Station ist die Gedenkstätte Berliner Mauer in der Bernauer Straße. Das Teilstück der originalen Grenzanlage mit einem Wachtturm soll nicht nur an das geteilte Deutschland erinnern, sondern auch an die über hundert Opfer, die beim Versuch, die DDR zu verlassen, kaltblütig erschossen wurden. Ein Fenster des Gedenkens zeigt die Porträts der Todesopfer. Sie erfahren, dass es bereits beim Bau der Mauer – im Westen Todesstreifen genannt – viele Fluchtopfer gab, die sich aus purer Verzweiflung aus den nach Westen gerichteten Fenstern ihrer Häuser stürzten, bevor die Glasscheiben entfernt und die Rahmen zugemauert wurden.

Als zweite Station folgt die nicht minder bedrückende Gedenkstätte Berlin-Hohenschönhausen. In der ehemaligen Untersuchungshaftanstalt der DDR-Staatssicherheit besichtigen sie die Häftlingszellen und die Verhörräume. Der City-Guide erzählt, dass hier ausschließlich politische Gefangene inhaftiert waren. Dass dies nicht nur Leute betraf, die bei Fluchtversuchen geschnappt wurden, sondern auch solche, die eine legale Ausreise beantragten oder nur Kritik an der Sozialistischen Einheitspartei Deutschlands übten. Dass insgesamt mehr als zehntausend Häftlinge vor ihren Prozessen – und das zum Teil jahrelang – verhört und physisch gefoltert wurden. Und dass man erst später, als man nach internationaler Anerkennung strebte, zur psychischen Folter mit Isolationshaft überging.

An der dritten Station werden sie dahingehend informiert, dass die beiden folgenden, nahe beieinanderliegenden Standorte für die staatlichen Organe der DDR bestimmt waren. Dass sich an der Stelle, wo jetzt das Stadtschloss steht, der Palast der Republik befand, in dem das Parlament des Arbeiter- und Bauernstaates tagte und der nach der deutschen Wiedervereinigung abgerissen wurde. Dass an der weiter südlich gelegenen Stelle noch heute das einstige Staatsratsgebäude existiert, in dem sich die DDR-Führung traf und das jetzt anderweitig genutzt wird.

Vierte Station ist der ehemalige Grenzübergang Checkpoint Charlie, der, wie der City-Guide erklärt, im geteilten Berlin als legendärer Ausländerübergang diente. Inzwischen ist er nicht mehr als solcher erkennbar, außer, dass als Andenken an diese Zeit großformatige Fotos aufgehängt wurden.

An der fünften Station treffen sie auf das Luftbrückendenkmal vor dem einstigen Flughafen Tempelhof. Sie erfahren, dass dieses Denkmal an die Luftbrücke der westlichen Alliierten erinnern soll, die während der einjährigen sowjetischen Blockade drei Jahre nach Ende des Zweiten Weltkriegs die Versorgung der Westberliner Bevölkerung sicherstellte.

An der sechsten und zugleich letzten Station besuchen sie das Notaufnahmelager Marienfelde. Vom City-Guide hören sie, dass zwischen 1953 und dem Mauerbau 1961 weit über eine Million Menschen das Lager passiert haben. Dass sie hier für ein paar Wochen untergebracht und versorgt wurden, während sie das notwendige Verfahren für eine Aufenthaltsgenehmigung in der Bundesrepublik oder in Westberlin durchlaufen mussten.

Am Ende der denkwürdigen Rundfahrt müssen Kepler und seine Begleiter das Gesehene erst einmal verarbeiten. Aber sie tun sich schwer damit. Insofern kommt ihnen die Einkehr im Lokal ‚Zur Letzten Instanz‘ sehr gelegen, um etwas Abstand zu gewinnen. Zumal außerhalb Bayerns – wegen der weitgehend abgeschafften Nutztierhaltung – nur noch selten Traditionslokale anzutreffen sind. Hier aber können sie noch die altbewährte Küche genießen. Als Gericht wählen sie mit Eisbein, Sauerkraut und Erbspüree die wohl typischste Berliner Speise. Und als Getränk dazu eine Berliner Weiße mit Schuss.

Elfter Tag

Kepler und seine Begleiter brechen mit dem City-Guide zu einer weiteren Rundfahrt durch Berlin auf. Diesmal führt sie der Zweimetermann zu den Sehenswürdigkeiten im Westteil der Stadt. Benutzt wird wieder der Elektro-Kleinbus. Die Fahrt führt von der Kongresshalle über Schloss Bellevue, Siegessäule, Hansaviertel, Kaiser-Wilhelm-Gedächtniskirche, Kurfürstendamm, Schloss Charlottenburg, Messegelände, Olympiastadion und Zitadelle Spandau bis zum Grunewald und dem Wannsee.

Der aus dem Osten Berlins stammende City-Guide garniert seine Informationen mit ein wenig Ironie. Er erklärt, dass die Kongresshalle – von den Berlinern aufgrund ihres Aussehens als ‚Schwangere Auster‘ verspottet – für die moderne Architektur zur Lachnummer wurde, nachdem ihre Dachkonstruktion gut zwanzig Jahre nach der Fertigstellung in sich zusammenbrach. Dass Schloss Bellevue, eine frühklassizistische Dreiflügelanlage, immer noch Sitz des Bundespräsidenten ist. Der im Gegensatz zur Legislative, Exekutive und Judikative bis heute aber keine Entscheidungsbefugnis hat und so eine Art Diplomative betreibt. Dass die Siegessäule – drei Feldzüge Ende des 19. Jahrhunderts glorifizierend – abends, wenn sie angestrahlt wird, noch am ehesten ein Stück altes Berlin vermittelt. Dass am Bau des Hansaviertels – einer Mustersiedlung modernen Wohnens, die bis heute nicht jedermanns Geschmack ist – namhafte Architekten wie Gropius, Niemeyer und Aalto beteiligt waren. Dass die Kaiser-Wilhelm-

Gedächtniskirche – im Zweiten Weltkrieg zerstört – im Zusammenhang mit dem Neubau wenigstens ihre Turmruine als Mahnmal behielt. Dass der Kurfürstendamm, die dreieinhalb Kilometer lange Prachtstraße, heute wieder das ist, was sie einmal war. Eine Einkaufs-, Vergnügungs- und Flaniermeile, die dem Globalisierungs-Einerlei ein jähes Ende bereitete. Dass das Schloss Charlottenburg – typisches Beispiel für die Bauwut preußischer Könige in Berlin – durch seine markanten Details wie den fünfzig Meter hohen Kuppelturm und die Reiterstatue des Großen Kurfürsten auffällt. Dass auf dem Messegelände mit dem eisernen Funkturm noch heute Messe-Dinos wie die ‚Grüne Woche‘ und die ‚Funkausstellung‘ stattfinden. Nur, dass Erstere den Weg zurück zur Natur beschreitet, während Letztere dem Digitalisierungswahn huldigt. Dass das Internationale Congress Centrum – von den Berlinern wegen seiner Ausmaße ‚Kongressdampfer‘ genannt – nach zehnjähriger Bauzeit und Milliardenausgaben der beste Beweis ist, dass die deutsche Hauptstadt noch nie geplante Zeiten und Kosten einhalten konnte. Dass mit dem Olympiastadion – trotz der Modernisierung – der Monumentalcharakter nationalsozialistischer Großmannssucht erhalten blieb. Dass die Zitadelle Spandau, bedeutendstes Festungsbauwerk im norddeutschen Raum, einst als Staatsgefängnis diente. Dort aber nicht nur Verbrecher, sondern auch unbequeme Bürger ihr Dasein fristeten. Dass sich im Grunewald der Teufelsberg erhebt, der nach dem Zweiten Weltkrieg aus Trümmerschutt errichtet wurde, an dem so manches Blut von Bombenopfern klebte. Und dass der Wannsee als Berlins beliebtestes Naherholungsgebiet die Menschenmassen anzieht wie ein Tümpel die Mücken, was den Erholungswert logischerweise relativiert.

*

Am Brandenburger Tor begann der Besichtigungsmarathon. Am Reichstagsgebäude endet er. Kepler und seine Begleiter haben nicht nur vor, die Glaskuppel zu besuchen, sondern auch einer Plenarsitzung beizuwohnen. Dies tun sie zuerst, weil in wenigen Minuten die Debatte zum Thema ‚Raumfahrtprojekte und ihre Finanzierungsbeteiligung‘ beginnt. Sie lassen sich auf der Besuchertribüne des Plenarsaals nieder. Für die frühzeitige Reservierung der Plätze hat der Chauffeur gesorgt. Unten im Plenarsaal – den Besuchern den Rücken zugewandt – sitzen die Abgeordneten. Gegenüber haben das Präsidium, links davon die Regierung und rechts davon die Vertreter der Länder Position bezogen. Das Rednerpult befindet sich unmittelbar vor dem Präsidium.

Weil es um viel Geld geht, ist das Plenum gut gefüllt. Im Gegensatz zu vielen anderen Sitzungen, die sich durch gähnende Leere auszeichnen. Die Debatte zieht sich in die Länge, da alle Parteien gleich mit mehreren Abgeordneten ans Rednerpult treten. Die einen tragen ihren Beitrag für oder gegen die Bewilligung der Milliardenausgaben sachlich vor. Die andern bevorzugen lieber die Polemik, weil ihnen die Argumente ausgegangen sind. Die einen sind sich im Klaren darüber, dass sie mit dem Geld der Steuerzahler jonglieren. Dass sie das Thema folglich nicht nur durch die Parteibrille betrachten dürfen. Die andern, die typischen

Parteisoldaten, plappern nur das nach, was die ideologischen Drahtzieher ihnen eingehämmert haben. Manche Volksvertreter echauffieren sich geradezu: Das männliche Geschlecht in den unteren Tonlagen krakeelend. Das weibliche in den oberen kreischend. Teilweise geht es zu wie im Kindergarten, wo die Erzieherin ihre Schutzbefohlenen ab und an zur Räson rufen muss. Auch dem Parlamentspräsidenten bleibt hin und wieder keine andere Wahl, als ein paar Zeitgenossen, die sich nicht nur im Ton, sondern auch in der Wortwahl vergriffen haben, in die Schranken zu weisen.

Nach einer Stunde ist die Debatte längst nicht vorüber. Eine annähernd gemeinsame Linie ist nicht zu erkennen. Bis zur Abstimmung kann es noch Stunden dauern. Kepler und seine Begleiter müssen den Plenarsaal verlassen, damit die nächsten Zuschauer Platz nehmen können. Dafür besuchen sie jetzt die Glaskuppel. Zunächst müssen sie eine Sicherheitsschleuse passieren, bevor sie im gläsernen Besucheraufzug nach oben fahren können. Bis zur Aussichtsplattform führen zwei gegenläufige Rampen hinauf beziehungsweise wieder hinunter.

Von oben erblicken sie den Spreebogen mit dem zu groß geratenen Bundeskanzleramt und den Gebäuden mit den zahllosen Abgeordnetenbüros. Und sie haben natürlich eine sehr gute Sicht auf den Ost- und den Westteil Berlins. Was sie aber auch sehen, ist die zunehmende Ansammlung von Menschen vor dem Reichstagsgebäude.

„Was ist denn da unten los?" Kepler ahnt nichts Gutes.

„Sieht aus wie eine Demonstration." Luna hakt sich bei Kepler ein. „Wir sollten sehen, dass wir ins Hotel kommen."

„Nicht, dass wir am Ende die Besichtigung der Kasernen verpassen. Das wär wirklich schade." Der Chauffeur schaut auf die Uhr. „Eine Stunde bleibt uns noch."

Jetzt werden auch die Schattenmänner nervös. Sie geben Kepler, Luna und dem Chauffeur das Zeichen, rechtzeitig die Kuppel und das Gebäude zu verlassen.

Kepler vermutet einen Zusammenhang zwischen der Plenarsitzung und dem Massenauflauf. Und er hofft, dass er weiterhin unerkannt bleibt. Schließlich kann er für die Milliardenausgaben, die weiterhin in die Raumfahrt gesteckt werden sollen, nicht verantwortlich gemacht werden. Und wie das Parlament letztendlich entscheiden wird, bleibt ein großes Fragezeichen.

Draußen angekommen, empfängt sie eine ziemlich aufgebrachte Menge. Transparente werden in die Höhe gehalten. Aber keine großformatigen Fotos. Auch keine mit Keplers Konterfei. Noch steht er also nicht unter Verdacht, die Erde zu besuchen, um Werbung für das Mondprojekt zu machen und den Bürgern dafür das Geld aus der Tasche zu ziehen. Aber die Texte auf den Transparenten verraten, dass es auf jeden Fall um die Debatte im Parlament geht. Um das Pro und Contra weiterer Milliarden für die Raumfahrt.

Womit allerdings niemand gerechnet hat, sind ein paar vermummte Chaoten, die der friedlichen Demonstration ihren Stempel der Gewalt aufdrücken wollen. Und weil einer unter ihnen auf Kepler zeigt, so, als wollte er darauf hinweisen, den Mann vom Mond erkannt zu haben, nehmen die Drohgebärden seiner Kumpane zu.

Die Schattenmänner erkennen den Ernst der Lage und stellen sich den Störenfrieden in den Weg. Doch bevor diese mit Schlagstöcken zum Angriff übergehen können, tauchen Polizeifahrzeuge mit Wasserwerfern auf und setzen die auf Krawall Gebürsteten vollständig unter Wasser. Damit sind sie erst einmal außer Gefecht gesetzt.

Für Kepler und seine Begleiter ist dies das Signal zum Rückzug ins Hotel. Zu ihren Fahrzeugen sind es nur wenige Meter. Eilig springen sie hinein und brausen davon. Die Vermummten hingegen bleiben wie begossene Pudel zurück. Harte Strafen haben sie aber in Berlin trotz ihrer Gewaltbereitschaft nicht zu befürchten.

*

Kepler hat den Zwischenfall noch immer nicht verdaut. Und irgendwie beschleicht ihn ein schlechtes Gewissen. Dass er von dem vielen Geld profitieren könnte, während andere dafür bluten müssten. Dabei weiß er nur zu gut, dass das Mondprojekt nicht auf seinen Mist gewachsen ist. Und dass ausgerechnet er auf dem Mond geboren wurde, kann nicht ihm angelastet werden.

Luna versucht ihm klarzumachen, dass es den Chaoten nicht um das Mondprojekt geht. Dass es denen ausschließlich um Randale geht.

Der Chauffeur pflichtet ihr bei. Kepler soll sich nicht verrückt machen lassen. Er soll lieber die Zeit, die ihm auf der Erde noch bleibt, für andere Dinge nutzen. Insofern ist

die anstehende Rundfahrt zu den drei Berliner Kasernen
eine willkommene Ablenkung.

*

Erste Station ist die Einsatzzentrale für Vorfälle aller
Art, die wie eine Kaserne des Militärs organisiert ist. Ein
Mann in Uniform begrüßt seine Gäste und geleitet sie persönlich durch die Sicherheitsschleuse. Dann erklärt er ihnen, welche Einrichtungen der gewaltige Komplex umfasst.
Da gibt es die Polizei mit Hundertschaft und Hundeführern sowie einem Spezialeinsatzkommando. Da gibt es die
Feuerwehr, das Technische Hilfswerk, das Notarztteam
mitsamt dem Sanitätsdienst, das Rote Kreuz und weitere
Hilfsorganisationen. Da gibt es die sogenannten Grünhelme, den Sicherheits- und den Ordnungsdienst. Und da gibt
es die Abteilung für ferngesteuerte Geräte wie Roboter und
Drohnen. In ähnlich kasernierten Einsatzzentralen an den
Küsten oder in den Bergen gehören noch die Küstenwache
mit Seenotrettungsdienst beziehungsweise die Bergwacht
samt den Lawinensuchtrupps dazu.

Sie erfahren, dass bei sämtlichen Einsätzen E-Fahrzeuge
unterschiedlicher Klassen benutzt werden: Pkw unter anderem als Streifen- und Notarztwagen. Kleintransporter vor
allem für die Notfallambulanz. Busse für die Beförderung
von Mannschaften und Hilfsgütern. Spezielle Nutzfahrzeuge für Feuerwehr und Technisches Hilfswerk, wobei extrem schweres Gerät ausnahmsweise mit fossilen Brennstoffen betrieben wird.

Sie erfahren außerdem, dass bei lebensgefährlichen Einsätzen Roboter oder Drohnen losgeschickt werden. Roboter bei der Entschärfung von Bomben und sonstigen Sprengsätzen sowie beim Inspizieren von undefinierbarem oder nicht einsehbarem Gelände. Drohnen bei der Suche nach Brandherden und Glutnestern, beim Aufspüren und Bergen von Opfern in schwer zugänglichem Terrain sowie bei der Fahndung nach Kriminellen bis zu deren Ortung und Festsetzung.

Der Mann in Uniform erklärt, dass die Polizei neben Verkehrsunfallaufnahme, Fahrzeugkontrolle, Schwertransportbegleitung und Sicherung der öffentlichen Ordnung vorrangig für die Verbrechensbekämpfung zuständig ist. Dass Feuerwehr und Technisches Hilfswerk bei Bränden, bei schweren Unfällen und bei Naturkatastrophen zum Einsatz kommen. Dass die Notfallambulanz, das Rote Kreuz und weitere Hilfsorganisationen Feuerwehr und Technisches Hilfswerk unterstützen, wenn bei den genannten Katastrophen auch Menschen zu Schaden gekommen sind. Dass die Grünhelme – zur Unterstützung von Greenpeace – die Schonung der Naturschutzgebiete, der Nationalparks sowie des Weltnaturerbes überwachen und Umweltsünder bei kleineren Vergehen zur Kasse bitten beziehungsweise bei größeren Schäden vor Gericht bringen.

Luna unterbricht den Mann in Uniform. „Verfolgen die Grünhelme zum Beispiel auch dubiose Fleischhändler oder die Verursacher von Plastikmüll?“

„Nein. Das macht weiterhin Greenpeace. Hier ist letztlich die Politik gefordert. Entweder sie beauftragt die zuständigen Behörden, entsprechende Kontrollen durchzuführen und – bei Verdacht gesetzeswidriger Handlungen – die Justiz einzuschalten. Oder sie ändert die bestehenden Gesetze, falls es keine gesetzliche Handhabe gibt."

Kepler wirkt gelassen. Auf dem Mond kennt man all diese Probleme nicht. Umweltschutz gehört dort zur Überlebensstrategie.

Der Mann in Uniform erklärt weiter, dass der Sicherheitsdienst öffentliche und – auf Anforderung – auch private Einrichtungen bewacht. Dass er außerdem bei Bedarf Bodyguards zur Verfügung stellt und generell für die Auswertung von Videoaufnahmen im öffentlichen Raum zuständig ist. Und dass der Ordnungsdienst den Bürgern auf die Finger schaut und teils saftige Geldstrafen verhängt, wenn sie sich nicht an die Regeln halten. Hierzu zählen: Das Falschparken sowie das Blockieren von Behindertenparkplätzen und Feuerwehreinfahrten. Das Wegwerfen von Zigarettenkippen und sonstigen Müllresten. Das Urinieren in der Öffentlichkeit. Das Nichtanleinen von Hunden und Liegenlassen von deren Kot. Sowie das Beschmieren oder Beschädigen von Hauswänden. Hierzu zählen aber auch sämtliche Vergehen bei Rettungseinsätzen wie das Fotografieren und Filmen der Unfallopfer. Bei der Behinderung oder Beleidigung von Rettungskräften, erst recht bei Tätlichkeiten gegenüber diesen Leuten, drohen sogar Gefängnisstrafen ohne Bewährungsfristen.

*

Nach kurzer Fahrt wird die zweite Station erreicht. Offiziell trägt sie den Namen ‚Justizvollzugskaserne'. Der ebenfalls Uniform tragende Führer, der Kepler und seine Begleiter am Eingang empfängt und durch die Sicherheitsschleuse führt, erklärt ihnen, dass die hier untergebrachten Insassen aus unterschiedlichen Gründen einsitzen. Und zwar in Einzelzellen. Dass damit der Kontaktaufnahme ein Riegel vorgeschoben werden soll. Was vor allem die Bandenbildung erschwert, wenn nicht gar unmöglich macht. Dass nur so dem organisierten Waffen-, Drogen-, Zigaretten- und Jagdtrophäenschmuggel erfolgreich begegnet werden kann. Dass die Insassen – je nachdem, welche Strafe sie absitzen müssen – auf vier Gebäudekomplexe verteilt sind: Den Arbeitsdienst, die Psychiatrie, das Gefängnis und die Strafanstalt. Dass Jugendliche unter achtzehn Jahren aber statt im Gefängnis oder in der Strafanstalt im separaten Jugendarrest untergebracht sind.

Kepler und seine Begleiter erhalten detaillierte Informationen zu den einzelnen Gebäudekomplexen.

Dass im Arbeitsdienst Bürger landen, die sich für Delikte wie Sachbeschädigung, Brandstiftung, Einbruch, Diebstahl, Betrug und Unterschlagung, aber auch Mobbing, Stalking, Rufmord und Hacker-Angriffe verantworten müssen. Dass die Verurteilten unter Aufsicht so lange gemeinnützige Arbeit leisten müssen, bis ihr angerichteter Schaden zu einem gerichtlich festgelegten Teil beglichen ist.

Dass in die Psychiatrie diejenigen Straftäter eingewiesen werden, die geistig nicht oder nur bedingt zurechnungsfähig sind. Dies gilt für alle Arten von Straftaten. Auch für die schweren und schwersten Fälle, die sonst mit einer Unterbringung im Gefängnis oder in der Strafanstalt geahndet werden. Dass hier aber auch Leute mit psychischen

Störungen aufgenommen werden, die zum Beispiel unter Wahnvorstellungen oder computerbedingtem Realitätsverlust leiden und somit eine mögliche Gefahr für die Allgemeinheit darstellen.

Dass mit Gefängnis nur Personenschäden wie Körperverletzung mit und ohne bleibende Gesundheitsschäden, Totschlag im Affekt und Mord aus Rache bestraft werden, wobei Letzterer zum Beispiel das Resultat für jahrelange körperliche oder seelische Misshandlung sein kann und nicht aus niedrigen Beweggründen begangen wurde. Und dass die Insassen bei guter Führung nach zwei Drittel der verbüßten Strafe vorzeitig aus der Haft entlassen werden können.

Dass die Strafanstalt – ähnlich dem früheren Zuchthaus – die höchste Sicherheitsstufe hat und den kaltblütigen Killern vorbehalten bleibt, soweit sie bei ihren gewalttätigen Auseinandersetzungen mit der Polizei und sonstigem Sicherheitspersonal überlebt haben. Hierzu zählen – unabhängig von der Zahl der Opfer – Serienmörder, Amokläufer und Terroristen. Dass außerdem mordende Mitglieder des organisierten Verbrechens sowie autonomer Gewaltgruppierungen in diese Kategorie fallen. Und dass für diese Verurteilten keine Hoffnung auf vorzeitige Entlassung besteht.

Luna schimpft, dass gerade in Berlin, aber auch in anderen Großstädten außerhalb Bayerns, die Gewaltbereitschaft von Chaoten zu sehr verharmlost und deren Vermummung stillschweigend geduldet wird, anstatt diesen Leuten einen gehörigen Denkzettel zu verpassen. „Über die paar Duschen mit Wasserwerfern können die doch nur lachen. Was wir hier und heute erlebt haben, ist und bleibt ein Skandal. Und eine Schande für die Demokratie und den Rechtsstaat.“

Kepler kann ihr nur zustimmen. Und er ist froh, dass es auf dem Mond bisher kein Verbrechen gegeben hat und hoffentlich auch niemals eines geben wird. Die tägliche Auseinandersetzung des Mondbasisteams mit einer nur schwer beherrschbaren Umgebung erfordert ein friedliches Miteinander aller Beteiligten, ohne das ein Überleben unmöglich wäre.

*

An der dritten und letzten Station, allgemein als ‚Bewährungskaserne‘ bezeichnet, ist das Militär stationiert. Hier werden sie nicht auf das Gelände gelassen, können sich aber anhand einer am Eingang ausliegenden Broschüre über die Einrichtung informieren. Dabei erfahren sie, dass es sich beim Führungs- und Ausbildungspersonal ausschließlich um Berufssoldaten handelt. Und dass – weil nach wie vor keine Wehrpflicht besteht – die Ausbildung der Rekruten auf drei Einheiten verteilt ist.

Dass zur ersten Einheit diejenigen Soldaten gehören, die einen Freiwilligen-Dienst absolvieren. Also an einer Art Schnupperkurs teilnehmen. Dass diese Leute noch keine konkreten Vorstellungen über ihre berufliche Laufbahn haben und sich zunächst beim Militär bewerben. Dass der Monatsverdienst dem der Auszubildenden in anderen Berufszweigen entspricht. Und dass sie nach der zweijährigen Grundausbildung die Wahl haben, beim Militär zu bleiben und Berufssoldat zu werden oder doch lieber einen anderen Beruf zu erlernen.

Dass es sich bei der zweiten Einheit um solche Bewerber handelt, die sich von vornherein für den Militärdienst entscheiden und Berufssoldat werden wollen. Dass die Dauer der Ausbildung und die Vergütung den Regularien der ersten Einheit entsprechen. Und dass sie als spätere Berufssoldaten die Möglichkeit haben, ein Studium an der Militärakademie zu absolvieren, um nach bestandenem Examen in höhere Dienstränge aufsteigen zu können.

Dass in der dritten Einheit Zwangsrekruten dienen, die zum dritten Mal hintereinander ihre Berufsausbildung abgebrochen oder die Besetzung eines Ausbildungsplatzes grundlos abgelehnt haben. Hierunter fallen auch Personen, die beides miteinander kombinieren, indem sie zum Beispiel erst zweimal abbrechen, um dann beim dritten Mal abzulehnen. Dass sich Ausbildungsdauer und Monatsverdienst ebenfalls mit den Modalitäten der anderen Einheiten decken. Und dass es auch hier dem Rekruten freisteht, ob er nach der Grundausbildung beim Militär bleiben oder doch lieber einen anderen Beruf erlernen will.

Ob sich diese Erziehungsmaßnahmen positiv auf den Arbeitsmarkt auswirken werden, bezweifelt Kepler. Die skeptischen Worte des Nürnberger Werksleiters klingen ihm noch immer in den Ohren.

*

Den Abend verbringen alle gemeinsam im Alt-Berliner Biersalon am Kurfürstendamm. Das legendäre Restaurant mit seinen gediegenen Räumlichkeiten lockt nach wie vor Gäste aus nah und fern an. Vor allem die Speisekarte bietet noch Originales aus der Berliner Küche. Obwohl hier bereits die neue Küche mehr und mehr an Bedeutung gewinnt. Insektenburger, -nudeln und -brot sind im Angebot. Eiweiß, Nährstoffe und Vitamine werden angepriesen. Dass sich dahinter Heuschrecken, Würmer, Raupen und Ameisen verbergen, scheint manche Gäste nicht zu stören. Kepler und seine Begleiter entscheiden sich lieber für die große hausgemachte Berliner Boulette mit Rotkohl und Bratkartoffeln. Dazu trinken sie ein Berliner Lagerbier.

Zwölfter Tag

Keplers Spurensuche nach den Ahnen väterlicherseits war bisher alles andere als erfolgreich. Zwar fand er im Archiv der Firma interne Berichte über seinen Vater, Großvater, Ur- und Ururgroßvater. Auch Fotos und Presseberichte waren dabei. Aber, was ihre letzten Aufenthaltsorte angeht, gab es nur wenig zu sehen. Das Haus des Großvaters, wo auch der Vater geboren wurde, ist total heruntergekommen. Und die Unterkünfte des Ur- und Ururgroßvaters sind längst verschwunden. Auch, was die letzten Ruhestätten betrifft, fand er nur das Grab der Großeltern.

Nun ist er gespannt, ob er über den Urururgroßvater als letztes namentlich bekanntes Mitglied dieser Linie etwas erfahren wird. Vom Großvater hatte er gehört, dass zumindest seine letzte Adresse – ein Plattenbau im Viertel Prenzlauer Berg – noch existiert. Wenn auch nicht im Originalzustand, sondern in leicht veränderter Form.

Geboren wurde der Vorfahr 1910 auf der Insel Norderney. Kepler wird noch an diesem Nachmittag dort zu Gast sein. Nach dem Besuch der Grundschule absolvierte er eine Kutscherlehre. In diesem Beruf arbeitete er gerade mal ein Jahr lang auf der Insel. Dann musste er seinen Wehrdienst antreten. Später ging er nach Berlin, wo er als Kutscher weiterarbeitete, aber schon bald auf Fuhrmann umsattelte. Als die Nazis an die Macht kamen, trat er in die NSDAP ein. Vier Jahre später heiratete er und zog in ein Mehrfamilienhaus in Pankow. Kurz nach Beginn des

Zweiten Weltkriegs erlitt er als Soldat beim Angriff auf Polen eine schwere Beinverletzung, die zur Entlassung aus der Wehrmacht führte. Auch in seinen Beruf konnte er nicht mehr zurückkehren, weil er das Laden und Entladen der Transportgüter nicht mehr schaffte. Nach der Geburt des einzigen Sohnes ein Jahr später ging es mit ihm bergab. Bald darauf folgten Scheidung und Auszug der Familie aus der Wohnung. Spontan trat er in die SS ein. Was er dort bis zum Ende des Krieges trieb, ist nicht bekannt. Publik wurde nur, dass das Mehrfamilienhaus wenige Monate vor der Kapitulation zerbombt wurde und er noch ein Jahr im Keller unter den Trümmern hauste, ehe er eine neue Bleibe im Viertel Prenzlauer Berg fand. Erst nach dem Bau der Mauer konnte er in einen Plattenbau ziehen. Dort wohnte er bis zu seinem Tod 1966.

Kepler möchte sich den Plattenbau näher ansehen. Für die Anfahrt vom Hotel aus wählt er erst die U- und dann die S-Bahn. Luna soll ihn begleiten. Der Chauffeur kann ihn später im Viertel Prenzlauer Berg abholen. Die Schattenmänner werden wie immer in seiner Nähe bleiben. Erst recht nach dem unangenehmen Vorfall vor dem Reichstagsgebäude.

Sie steigen an der Station Mehringdamm in die U-Bahn-Linie sechs, die zwischen Alt-Mariendorf und Alt-Tegel verkehrt. Das teils unter, teils über der Erde fahrende Verkehrsmittel ist das Rückgrat des öffentlichen Personennahverkehrs in Berlin, umfasst zehn U-Bahn-Linien und verfügt auf einer Gesamtstrecke von rund hundertfünfzig Kilometern über etwa hundertsiebzig Stationen. Bei den Zügen handelt es sich um elektrisch betriebene Schienenfahrzeuge, die aus einer oder mehreren Zuggarnituren bestehen und von früh bis spät in kurzen Zeitabständen unterwegs sind. In Stoßzeiten werden Menschenmassen transportiert, die – wie Sardinen in der Dose – zusammengepfercht stehen müssen, bis sie ihr Ziel erreicht haben.

Kepler und Luna haben einen günstigen Zeitpunkt gewählt. Auf Sitzplätzen, die allerdings nur selten einen gepflegten Eindruck hinterlassen, können sie miterleben, mit welchem Tempo die Bahn durch das unterirdische Tunnelsystem rauscht. Kepler verfolgt gebannt den Linienverlauf, der als Netzplanausschnitt auf der gegenüberliegenden Seite so angebracht ist, dass er über den Köpfen der Fahrgäste zu schweben scheint. Nach kurzem Halt an insgesamt vier Stationen gibt er Luna ein Zeichen, dass sie an der nächsten Station, dem Bahnhof Friedrichstraße, aussteigen müssen. Am Ziel angekommen, verlassen sie den Zug gemeinsam mit den Schattenmännern.

Sie wechseln von der U- zur S-Bahn-Ebene und warten auf den Anschlusszug. Wenige Minuten später fährt die S-Bahn-Linie zwei in den Bahnhof ein. Kepler fällt auf, dass sich das Erscheinungsbild der S-Bahn – gegenüber alten Fotos, die ihm der Großvater gezeigt hat – kaum geändert hat. Ganz im Gegensatz zur U-Bahn, die mit einem moderneren Design aufwartet. Sie steigen ein und finden nur noch wenige freie Plätze. Die Fahrt verläuft in einem etwas gemächlicheren Tempo. Beim vierten Halt an der Station Gesundbrunnen müssen sie den zwischen Blankenfelde und Bernau hin- und herpendelnden Zug wieder verlassen. Hier steigen sie ein letztes Mal um.

Mit der S-Bahn-Linie einundvierzig, der sogenannten Ringbahn, legen sie gerade mal zwei Stationen bis zu ihrem Ziel Prenzlauer Allee zurück. Von dort sind es nur ein paar hundert Meter zu Fuß bis zu besagtem Plattenbau.

Sie erreichen das riesige Gebäude mit den vielen Etagen. Kepler ist überrascht, dass das zwar renovierte, aber dennoch hässliche Hochhaus, das nach dem Bau der Berliner Mauer errichtet wurde, nach fast hundertdreißig Jahren immer noch existiert.

„Hier also hat einer deiner Urahnen gewohnt." Luna macht ein Foto.

„Ja, mein Urururgroßvater väterlicherseits, um genau zu sein. In welcher Wohnung, weiß ich nicht. Ich weiß ja nicht mal, in welcher Etage."

„Und wie lange hat er hier gewohnt?"

„Bis zu seinem Tod 1966."

„Da gab es ja noch die DDR."

„Stimmt. Schrecklich, wenn ich daran denke, in so einem Kasten leben zu müssen."

„Also, was ich so über die DDR gelesen habe, wird er wohl froh gewesen sein, damals eine solche Wohnung bekommen zu haben. Die alten Häuser waren bei denen doch alle in einem miserablen Zustand."

„Mich wundert es nur, dass ihm die Kommunisten überhaupt eine Wohnung gegeben haben."

„Wieso?"

„Weil er angeblich ein alter Nazi war. Mein Großvater wusste zwar nichts Konkretes über ihn. Aber dass er Mitglied in der SS war, das wusste er. Und das müssen besonders üble Typen gewesen sein. Nach allem, was er mir so erzählt hat."

„Die müssen ja nicht alle gleich gewesen sein."

„Natürlich nicht. Deshalb möchte ich ja das Bundesarchiv in Lichterfelde besuchen. Dort gibt es jede Menge Akten über die Zeit des Nationalsozialismus."

„Muss man sich da nicht vorher anmelden?"

„Ja. Das hat unser Chauffeur für mich erledigt. Er hat einen speziellen Benutzungsantrag ausfüllen und einreichen müssen. Außerdem musste er in einer schriftlichen Anfrage mein persönliches Anliegen genau beschreiben."

„Ja ja, die Preußen. Ordnung muss sein." Luna lacht.

„Na ja, das hat wohl auch einen Vorteil, wenn ich das richtig verstanden habe."

„Da bin ich aber gespannt."

„Angeblich liegen die Akten, die ich benötige, im Lesesaal der Bibliothek bereit. Da muss ich nicht erst lange warten, bis sie mir den Schriftkram raussuchen."

„Wenn das zutrifft, ist das allerdings ein Vorteil."

„Ja, wenn. Warten wir's ab."

*

Nach der Fahrt mit dem Wagen quer durch Berlin — genau genommen vom Nordosten bis in den Südwesten der Stadt — setzt der Chauffeur Kepler und Luna vor dem Bundesarchiv in Lichterfelde ab. Zeitgleich begeben sich die Schattenmänner per S- und U-Bahn zurück zum Hotel, um den Dreien mit dem Transporter nach Lichterfelde zu folgen.

Das Anwesen blickt auf eine lange Geschichte zurück. Ende des 19. Jahrhunderts beherbergte es die Preußische Hauptkadettenanstalt. Später wurden die Gebäude als ziviles Gymnasium genutzt, ehe 1933 Hitlers Leibstandarte der SS in die Kaserne einzog. Anlässlich des sogenannten Röhm-Putsches gab es hier Erschießungen durch Exekutionskommandos der SS. Ob sein Urahn dieser Truppe angehörte und möglicherweise bei den Gräueltaten dabei war, will Kepler nun klären. Falls er überhaupt Material dazu finden sollte. Nach dem Zweiten Weltkrieg übernahmen amerikanische Besatzungssoldaten das Anwesen. Seit Ende des 20. Jahrhunderts ist hier das Bundesarchiv untergebracht.

Kepler und Luna betreten das zentrale Benutzungsgebäude. Nach der Anmeldung mit Vorlage des Benutzungsantrags werden sie in den Lesesaal der Bibliothek geführt. Sie erfahren, dass hier die Bestände aus der Zeit des Nationalsozialismus verwahrt werden. Unter anderem zur NSDAP und zur SS. Dass diese aus etwa achttausendachthundert laufenden Metern Akten und etwa sechstausend laufenden Metern Karteien bestehen. Und dass der Zugriff über Personennamen erfolgt. Beide werden an einen Platz gebracht, an dem tatsächlich alle relevanten Unterlagen – seinen Urururgroßvater betreffend – bereitliegen. Keplers Herz schlägt etwas schneller als sonst. Durchaus verständlich, wenn jemand vor einer möglichen Antwort auf eine bedeutende Frage steht. Nämlich auf die alles entscheidende Frage, ob der Verwandte nun ein Verbrecher war oder nicht. Kepler und Luna recherchieren in unterschiedlichen

Quellen. Das spart Zeit. Und sie entdecken tatsächlich Material über seinen Urahn.

Er findet in der Personalakte neben Vor- und Nachnamen das Geburtsdatum 1910, den Geburtsort Norderney, den erlernten Beruf Kutscher und die Vorkriegs-Adresse des damals noch existenten Mehrfamilienhauses in Pankow.

Sie stößt auf den Mitgliedsausweis der SS mit denselben Daten zuzüglich Mitgliedsnummer, Eintrittsdatum und Dienstgrad, womit seine dortige Mitgliedschaft zweifelsfrei bewiesen ist.

Was beide nicht finden, sind irgendwelche Verdachtsäußerungen oder konkrete Anschuldigungen. Es gibt keinen Beweis, dass er an Verbrechen gegen die Menschlichkeit beteiligt war. Es gibt keine Beurkundungen irgendwelcher Kriegsverdienstauszeichnungen. Auch Fotos sind Fehlanzeige. Was sie am Ende noch finden, ist eine Bescheinigung, dass er im Zuge des Entnazifizierungsverfahrens seitens der Sowjets nur als Mitläufer eingestuft wurde.

Kepler holt sichtlich erleichtert tief Luft.

Luna umarmt und küsst ihn.

*

Im nachträglich angebauten Nebenbahnhof des Berliner Hauptbahnhofs warten Kepler, Luna und die Schattenmänner auf die Magnetschwebebahn, die sie von Berlin nach Hamburg bringen soll. Von dort geht es mit anderen Verkehrsmitteln weiter bis zur Insel Norderney. Weil sie auf diesem Stück des Weges keinen Pkw mehr benötigen, haben sie sich vom Chauffeur, der sie vom Bundesarchiv in Lichterfelde bis zum Hauptbahnhof begleitet hat, vorübergehend verabschiedet. Erst in München werden sie ihn wiedersehen.

Mit der Magnetschwebebahn haben sich die Deutschen jahrzehntelang schwergetan. Und dabei wurde genau diese Technik an andere Länder verkauft, die seltsamerweise bis heute damit zurechtkommen. Als Argumente wurden stets die Nachteile genannt: Inkompatibel zur vorhandenen Bahninfrastruktur. Für schweren Güterverkehr ungeeignet. Für relativ langsamen Personennahverkehr ineffizient. Auf freistehende Konstruktionen angewiesen. Zu teure Weichen gegenüber anderen schienengebundenen Systemen. Und Erfordernis einer eis- und schneebedingten Räumung des Fahrwegs im Winter. Dabei gibt es durchaus auch Vorteile: Bei hohen Geschwindigkeiten leise und energieeffizient. Begünstigung eines sicheren fahrerlosen Betriebs kürzerer Zugeinheiten in schnellerer Folge. Und kein Verschleiß durch Reibung. Plötzlich wurde der Bau dieser Bahn wieder relevant, wobei die als nachteilig eingestuften freistehenden Konstruktionen keine Rolle mehr spielten. Warum? Weil der Klimawandel zu einem Anstieg des Meeresspiegels geführt hatte, der auch der Nordsee nicht erspart blieb. Und weil dieser Anstieg des Meeresspiegels wiederum für großflächige Überschwemmungen in den Küstengebieten und an den Flussläufen gesorgt hatte. Für die ebenerdigen Gleissysteme der Eisenbahn ein Desaster. Für die Magnetschwebahn mit ihren Stahlbetonstützen kein Problem.

Die durch magnetische Kräfte in der Schwebe gehaltene und in der Spur geführte, angetriebene und gebremste Bahn fährt in den Nebenbahnhof ein. Bis zur nächsten Abfahrt bleibt noch eine Viertelstunde Zeit. Kepler und seine Begleiter besteigen den Zug und nehmen die reservierten Plätze ein. Luna hat – wie immer in den letzten Tagen – für die gültigen Fahrscheine gesorgt. In diesem Fall bis Norderney. Das Gepäck hat der Chauffeur noch einmal aufgegeben. Aber nur bis Hamburg. Auf der restlichen Strecke bis zur Insel Norderney müssen sich alle selbst um ihre Koffer kümmern. Dann ist es soweit. Leise und mit zunehmendem Tempo verlässt der Zug die Halle des Nebenbahnhofs. Sie erkennen schon bald den Sinn der Magnetschwebebahn auf diesem Streckenabschnitt. Beim Blick aus dem Wagenfenster sind anfangs immer wieder mal kleinere, später größere überflutete Flächen zu sehen, die mit der guten alten Eisenbahn gar nicht passierbar wären. Und je näher sie Hamburg kommen, desto deutlicher demonstriert der Klimawandel seine Macht. Zeigt den Menschen vorerst die gelbe Karte, nachdem er das einstige Festland in eine bizarre Inselwelt verwandelt hat.

*

Mit dem Hyperloop geht es von Hamburg weiter nach Bremen. Das Hochgeschwindigkeitstransportsystem gleicht einer Rohrpost. In den durch Solarenergie elektrisch angetriebenen Transportkapseln werden achtundzwanzig Passagiere mit Geschwindigkeiten von bis zu elfhundert Kilometer pro Stunde auf Luftkissen durch Röhren befördert. Die

Röhren verlaufen – ähnlich den Fahrwegen der Magnetschwebebahn – nebeneinander liegend in beiden Fahrtrichtungen auf Stahlbetonstützen. Vorteile des Systems sind: Eine schnellere Beförderung als mit dem Flugzeug. Deutlich geringere Reisekosten als mit der Bahn. Ein reibungsarmes Gleiten auf Luftpolstern. Und wenig Landverbrauch infolge der oberirdischen Röhrenverlegung entlang bestehender Autobahntrassen oder Flussläufe. Die Nachteile halten sich in Grenzen: Fehlende Zwischenstopps. Ein höherer Innendruck. Und ein engeres Raumangebot. Die Endbahnhöfe sind sowohl für abgehende als auch für ankommende Kapseln ausgelegt. Bei der Abfahrt setzt der Beschleunigungsvorgang ein. Bei der Ankunft wird ein automatisches Bremsmanöver eingeleitet. Die Höchstgeschwindigkeit bleibt auf der Strecke konstant. Und die beiden parallel angebrachten und in gegensätzlichen Richtungen verlaufenden Röhren sorgen für höchste Verkehrssicherheit.

Kepler und seine Begleiter nehmen im Hyperloop Platz. Das Raumangebot ist in der Tat eng. Die Passagiere müssen sich anschnallen. Nur schlanke Leute haben wenig Körperkontakt zu fürchten. Zu siebt sitzen sie in einer Reihe nebeneinander. Und das in vier Reihen hintereinander. Für Kepler ist die Enge nichts Außergewöhnliches. Im Shuttle und den anderen Raumschiffen beziehungsweise -stationen ist das Platzangebot eher noch geringer. Das Signal zur Abfahrt oder – besser ausgedrückt – zum Abschuss ertönt. Mit gleichbleibend hohem Tempo schießt die Kapsel durch die Röhre, wobei der auftretende Innendruck das Unangenehmste ist. Blicke nach draußen sind nur möglich, wenn die transparente Kapselwand ab und an eine Öffnung in der Röhrenwand passiert.

Auf diesem Streckenabschnitt ist die vom zunehmenden Hochwasser heimgesuchte Landschaft noch schlechter dran als diejenige zwischen Berlin und Hamburg. Was hier allerdings intensiv genutzt wird und schon deshalb aus dem Rahmen fällt, sind die gewaltigen Anlagen zur Gewinnung von alternativen Energien. Dort, wo die neue Küstenlinie verläuft, nutzen jetzt Gezeitenkraftwerke den steten Wechsel zwischen Ebbe und Flut zur Erzeugung von Strom. Und Meerwasserentsalzungsanlagen wandeln den aus dem gestiegenen Meeresspiegel resultierenden Wasserüberschuss in Trinkwasser um.

Am Ziel angekommen, müssen sie die ersten Eindrücke von der schleichenden Klimakatastrophe erst mal verarbeiten. Zudem freuen sie sich auf die Regionalbahn als letztem Verkehrsmittel auf dem Festland, weil sie mehr Unterbrechungen und größere Ablenkung bietet. Die beiden Non-Stopp-Fahrten mit der Magnetschwebebahn und dem Hyperloop haben zwar Zeit gespart, aber keine Stimmung aufkommen lassen.

*

Nach der Weiterfahrt mit der Regionalbahn erreichen sie endlich Norden-Norddeich. Im Nachhinein müssen sie sich eingestehen, dass während der Fahrt kaum Freude aufkam. Im Gegensatz zur Tegernsee-Tour zog sich die Strecke wegen der größeren Anzahl von Haltestellen doch sehr in die Länge. Und was den Blick aus dem Wagenfens-

199

ter angeht, hatte sie die zunehmende Einöde auf dem schier unendlichen Flachland wohl eher gelangweilt.

An der Hafenmole warten sie auf die Fähre, die sie zur Insel Norderney bringen soll. Bereits in Sichtweite, braucht sie noch eine Weile, bis sie im Hafen anlegen kann. Bei dem Schiff handelt es sich um eine alte Fähre, die schon etliche Dienstjahre und somit ein Vielfaches an Überfahrten auf dem Buckel hat. Heute wird sie mit Solarstrom betrieben und dient überwiegend dem Personenverkehr mit Urlaubsgästen und Servicekräften, die auf dem Festland wohnen und auf der Insel arbeiten. Hinzu kommen ein paar Elektro-Nutzfahrzeuge von Warenlieferanten und Handwerksbetrieben. Der einst auf Norderney zugelassene Autoverkehr ist längst Geschichte. Der Fährverkehr besteht das ganze Jahr über und ist von den Gezeiten unabhängig. Die Fahrt dauert etwa eine Stunde. In Ausnahmefällen – zum Beispiel, wenn das Wetter verrücktspielt oder der Wasserstand zu niedrig ist – kann es vorkommen, dass der Fahrplan nicht eingehalten werden kann oder der Fährverkehr ganz eingestellt werden muss. Dies gilt vor allem bei Orkanböen oder Eisgang. Die Fähre legt endlich an. Erst müssen die von der Insel zurückkehrenden Passagiere und Fahrzeuge das Deck verlassen. Dann können Kepler, Luna und die Schattenmänner an Bord gehen. Dem Mann vom Mond und den eher mit dem Gebirge vertrauten Bayern ist angesichts des Wellengangs ein bisschen mulmig zumute. Aber nachdem die Fähre wieder abgelegt hat und auf die Insel zusteuert, hat sich die Lage bei allen Beteiligten ein wenig beruhigt. Zwar schaukelt das Schiff umso mehr, je weiter es sich von der Hafenmole entfernt. Aber sobald es die Mitte des von der tiefen Fahrrinne unterbrochenen Wattenmeers hinter sich gelassen hat und auf Norderney zusteuert, ziehen sich die Wellen mehr und mehr zurück. Schließlich erreicht es den Inselhafen und legt an. Kepler und seine Begleiter gehen mit den anderen Passagieren zuerst von Bord. Dann verlassen auch die Fahrzeuge das Deck.

*

Als Kepler den auf sie zufahrenden Kutscher erblickt, muss er unwillkürlich an seinen Urururgroßvater denken, der sich ebenfalls in diesem Gewerbe verdingen musste. Der von zwei Pferden gezogene Wagen stoppt unmittelbar vor ihnen. Jeder ergreift sein Gepäck und reicht es dem Kutscher, der es platzsparend verstaut. Dann klettern sie über eine mobile Aufstiegshilfe von hinten auf den Wagen und lassen sich auf den Bänken nieder. Die Pferde am Zügel führend und mit der Peitsche knallend gibt der Kutscher das Startsignal. Das Gespann setzt sich in Bewegung. Bei dem Gefährt handelt es sich um eine sogenannte Wagonette. Auf dem gut gefederten offenen Pferdewagen sind hinter dem Bock des Kutschers zwei gegenüberliegende Sitzbänke montiert. Um die Straßen nicht zu verunreinigen, wird der Dung in einem am Hinterteil des Pferdes angebrachten Ledersack aufgefangen und mehrmals am Tag entsorgt. Während einige Wagonetten nostalgische Inselrundfahrten anbieten, bedienen andere den laufenden Linienverkehr zu festen Uhrzeiten an gekennzeichneten

Haltestellen. Auch einen Abholdienst für Gepäck vom Schiffsanleger zu den Hotels und wieder zurück gibt es.

Der Kutscher dreht sich um und schaut Kepler an. „Sind Sie nicht …?“

Luna unterbricht ihn. „Ja, er ist der Besuch vom Mond. Und er möchte möglichst unerkannt bleiben.“

„Keine Sorge.“ Der Kutscher blickt wieder nach vorn. „Ich kann schweigen wie ein Grab.“

Der direkt hinter ihm sitzende Kepler klopft ihm auf die Schulter. „Nicht schweigen müssen Sie, wenn ich Sie um die Beantwortung einer Frage bitte.“

„Nur zu.“

„Ich bin auf der Suche nach Spuren meines Urururgroßvaters.“

„Du lieber Himmel. Das liegt ja eine Ewigkeit zurück. Da werden Sie wohl nichts mehr finden.“

„Vielleicht wissen Sie etwas über ihn.“

„Ich?“ Der Kutscher dreht sich erneut um und schaut Kepler verdutzt an. „Wieso ich?“

„Weil er, wie Sie, Kutscher hier auf der Insel war.“

„Vielleicht kann Ihnen unsere Berufsvertretung weiterhelfen.“ Der Kutscher blickt wieder nach vorn. „Die besitzt eine alte Chronik. Möglich, dass Sie dort was finden.“

„Dann brauch ich nur noch den Namen Ihrer Berufsvertretung.“

„Kutscher-Innung.“

„Und wo finde ich diese Kutscher-Innung?“

„Wenn Sie das Hotel verlassen, gehen Sie die Straße rechts runter. Nach etwa hundert Metern sind Sie schon da. Das Türschild können Sie gar nicht übersehen.“

„Na, das ist doch was.“ Kepler klopft dem Kutscher nochmals auf die Schulter. „Danke für den Tipp.“

*

Das im Bäderstil errichtete Hotel hinterlässt einen gepflegten Eindruck. Neben dem überdachten Eingangsbereich steht ein Fahrradständer samt ein paar nicht gesicherten Rädern, was für die Gäste kein Problem darstellt. Hier auf der Insel kommen Diebe ohnehin nicht weit. Drei Stufen führen hinauf zur Lobby mit der Rezeption, wo der Gast noch persönlich empfangen wird. So auch Kepler und seine Begleiter, die, nachdem sie sich auf traditionelle Art ausgewiesen haben, ihre Zimmerschlüssel in Empfang nehmen. Dann sehen sie sich noch kurz um die Lobby herum um. Links geht es in den Frühstücksraum und in die Hotelbar. Rechts gelangt man ins Restaurant und ins Kaminzimmer, in dem sich ein alter Flügel befindet. Kurios ist der Kontrast zwischen Tradition und Moderne. Auf der einen Seite das an die Kaiserzeit erinnernde Ambiente. Auf der anderen Seite der futuristische Buchungsautomat, an dem die Gäste unter einer Vielzahl von Kur- und Urlaubsangeboten wählen können. Das heißt, man reserviert nicht nur die Teilnahme an dem gewünschten Angebot. Man bezahlt dieses auch gleich. Dazu drückt man eine Taste, die einen Laser aktiviert. Der wiederum liest die Daten auf dem eingepflanzten Chip aus. Nach automatischer Abbuchung der fälligen Gebühr vom Bankkonto werden sofort eine Quittung und der Berechtigungsschein ausgedruckt. Die Angebotspalette lässt kaum Wünsche übrig. Zur Auswahl stehen: Die Nutzung von Kuranwendungen oder des Wellenbads. Das Mieten eines Segways, E-Bikes, Surfbretts oder Strandkorbs. Die Besichtigung der Inselmuseen oder des Leuchtturms. Die Teilnahme an einer Watt- oder Strandwanderung, einem Spaziergang durch den Kurort oder einer Kutschfahrt rund um die Insel, einer Bootsfahrt oder einem Segeltörn, einem Rundflug mit Segelflugzeug oder Drohne. Und nicht zuletzt die Beobachtung von Kegelrobben und Seehunden.

Kepler, Luna und die Schattenmänner suchen ihre Zimmer auf, die sich auf Ober- und Dachgeschoss verteilen. Sie sind in zeitgemäßem Design gestaltet und mit Doppelbett oder französischem Bett, bequemer Sitzecke, einem Balkon mit Meerblick und einem schönen Bad ausgestattet. Eine Nutzungsbeschränkung wegen Wasserknappheit wie in den Städten gibt es hier nicht. Außerdem sind digitale Technik, Safe, Minibar und Kaffeeautomat verfügbar. Neben etlichen Einzel- und Doppelzimmern sind noch zwei Maisonette-Zimmer vorhanden, die sich über zwei Etagen erstrecken. Eines dieser Zimmer bewohnen Kepler und Luna, die hier zwei Nächte verbringen werden. Ihre Abschiedsnacht heben sie sich für den nächsten Tag auf. Heute haben sie einen anstrengenden Reisetag hinter sich und werden sofort nach dem Abendessen zu Bett gehen.

Vorletzter Tag

Ausgeruht und – wie in allen bisherigen Hotels – mit einem reichhaltigen Frühstücksbüfett verwöhnt, begibt sich Kepler an seinem vorletzten Tag auf Erden mit Luna auf eine Radtour über die Insel. Die Schattenmänner sind wie immer mit von der Partie. Der Wetterdienst warnt allerdings vor zunehmend stürmischem Wetter im Tagesverlauf und schließt eine Sturmflut zum Abend hin nicht aus. Keine allzu rosigen Aussichten für eine Radtour. Abgesehen davon, dass es auf der Insel nie an Wind mangelt und dieser – egal aus welcher Richtung er bläst – grundsätzlich immer von vorn kommt. Kepler und Luna haben den Vorteil, dass sie mit ihren E-Bikes nicht ständig in die Pedale treten müssen. Im Gegensatz zu ihren Bewachern, die sich mit der Auswahl ihrer Fahrräder freiwillig für ein Fitnesstraining entschieden haben.

Vom Hotel aus begeben sie sich zum Weststrand und biegen auf die Strandpromenade ein, die sie in nordwestlicher Richtung bis zum Nordstrand befahren. Dieser erstreckt sich auf einer Länge von rund zehn Kilometern entlang der Nordküste. Gleich am Beginn dieses Strandabschnitts steigen sie von ihren Rädern ab und erkunden zu Fuß den weiteren Verlauf der mit massiven Deichbauten geschützten Promenade. Schon bald erreichen sie das Revier der Surfer, wo sie wieder kehrtmachen. Sie ziehen ihre Sandalen aus und gehen mit nackten Füßen am Strand entlang. Kepler macht es sichtlich Spaß, wenn die Wellen näherkommen und über seine Füße hinweg schwappen, um sich danach wieder zurückzuziehen. Hier und da entdeckt er das eine oder andere Meeresgetier wie Muscheln aller Art und vereinzelt auftretende Quallen. Und immer und überall schweben kreischende Möwen über ihren Köpfen. Schließlich gelangen sie an den Ausgangspunkt ihres Spaziergangs. Die Schattenmänner haben dort die ganze Zeit auf ihre E-Bikes aufgepasst. Sie fahren weiter, streifen den Nordbadestrand mit seinen vielen Strandkörben und verlassen die dort endende Strandpromenade. Über den Stadtteil Nordhelm – mit der ehemaligen Kasernensiedlung zur Seeseite hin – finden sie sich an der Thalasso-Plattform ein. Die Aussichtsterrasse des architektonisch eigenwilligen Bauwerks ruht auf der einen Seite auf einem Pfeiler, der das Ganze wie einen rechten Winkel erscheinen lässt. Auf der anderen Seite wird sie von einer Wendeltreppe getragen, die auf die Terrasse hinaufführt. Kepler und Luna nehmen die Gelegenheit wahr und klettern auf den über zwanzig Stufen nach oben. Von dort bietet sich ein atemberaubender Blick – über Dünen und Strand hinweg – auf Segel- und Frachtschiffe, die an der Insel vorüberziehen. Noch können sie auf befestigten Straßen weiterfahren. Erst hinter dem Flugplatz beginnt der Weg durch die Dünen, wodurch die Tour etwas beschwerlicher wird. Nächster Halt, etwa sechs Kilometer außerhalb der Stadt, ist der Leuchtturm. Zum Backsteinbau gehört ein Wärter- und Maschinenhaus. Das Feuer in vierundfünfzig Metern Höhe wurde einst mit einer Petroleumlampe erzeugt. Heute enthält die Laterne eine spezielle Linse, die das Licht über zwanzig Seemeilen weit ausstrahlt. Kepler und Luna wagen den Aufstieg. Von oben sind nicht nur die weit draußen fischenden Krabbenkutter, sondern auch die zahllosen aus dem Meer ragenden Windräder gut zu erkennen. Die letzte Etappe der Hinfahrt führt am Flugplatz vorbei bis zum Ostende der Insel. Das restliche Stück müssen sie zu Fuß zurücklegen. Zwei ihrer Bewacher bleiben bei den Fahrrädern zurück, die beiden anderen begleiten sie. Die kurze Wanderung durch den tiefen Sand ist den Kraftaufwand wert. Vor ihnen liegt das ausgeweidete Wrack eines Muschelbaggers, das zur Hälfte im Sand versunken ist. Der Bagger strandete Anfang 1968 nach der versuchten, aber missglückten Bergungsaktion eines Heringsloggers. Inzwischen läuft das Wrack Gefahr, vollständig zu versanden.

Auf demselben Weg, den sie hergekommen sind, kehren sie wieder zurück. Unterdessen kündigt sich der Wetterumschwung an. Die auf den Strand treffenden Wellen gewinnen an Höhe und Lautstärke, was irgendwie bedrohlich wirkt. Und der auf der Insel gewohnte Wind wird stärker und stärker, bis er zu einem Sturm heranwächst. Der wiederum bläst ihnen wieder und wieder den Dünensand ins Gesicht, was die Rückfahrt noch beschwerlicher macht, als sie ohnehin schon ist. Mit letzter Kraft erreichen sie schließlich das Hotel. Missen möchten sie den Ausflug dennoch nicht. Nur so konnten sie hautnah miterleben, wie die Naturgewalten eine mitten im Meer gelegene Insel fest im Griff haben. Der Kurort mit seiner dichten Bebauung kann dieses Gefühl nicht vermitteln.

*

Kepler folgt dem Tipp des Kutschers und sucht dessen Innung auf. Luna begleitet ihn. Die Schattenmänner halten Abstand. Die Eingangstür ist verschlossen. Er klingelt, aber es rührt sich niemand. Erst nach ein paar Minuten sind Schritte zu hören. Dann öffnet sich die Tür. Der alte Mann, der den Eindruck hinterlässt, als wäre er aus dem Schlaf gerissen worden, stutzt zunächst, als er die beiden Fremden sieht. Doch dann scheint ihm ein Licht aufzugehen. Er lässt sie eintreten, ohne nach dem Grund ihres Besuchs zu fragen.

Kepler starrt den Mann an. „Ich möchte nur …"

Der alte Mann kommt ihm zuvor. „Ich weiß Bescheid. Der Kollege hat mich gestern informiert. Sie sind der Mann vom Mond, nicht wahr?"

Kepler nickt.

„Sie sind auf der Suche nach Informationen über einen Ihrer Ahnen, wenn ich den Kollegen richtig verstanden habe."

„Ja, über meinen Urururgroßvater."

„Das ist verdammt lange her. Aber Sie können's ja mal versuchen. Vielleicht finden Sie was."

„Das hoffe ich doch."

Der alte Mann führt seinen Besuch in einen kleinen Raum mit rundum vollgestopften Bücherregalen. Er zeigt auf ein paar Stühle, die um einen Tisch herum angeordnet sind. „Nehmen Sie doch Platz."

Kepler und Luna setzen sich.

„Ist Ihr Urahn denn hier geboren?"

„Ja, 1910."

„Und bis wann soll er hier gelebt haben?"

„Bis etwa 1930.“

Der alte Mann sucht die Regale Fach für Fach ab, bis er vor einer Reihe von Bänden innehält. „Da ist sie doch. Jedes Mal muss ich mich erst wieder orientieren, weil so selten nach ihr gefragt wird.“ Er zieht zwei Bände heraus und gibt sie Kepler. „Das ist ein Teil unsrer Chronik. Der Zeitraum dürfte reichen.“

Kepler durchstöbert den einen Band, der von 1910 bis 1919 reicht. Luna blättert im anderen Band durch die Jahre 1920 bis 1929.

Er kann nichts finden. Selbst wenn er noch hundertmal in den Band schaut. Zu den Kutschern gehörte der Vorfahr erst mit Beginn seiner Lehrzeit. Und das war frühestens 1924.

Dafür hat Luna umso mehr Erfolg. Der Name des Urahn mit dem Geburtsjahr 1910 und dem Geburtsort Norderney taucht gleich mehrmals auf: Zu Beginn der Lehrzeit gleich nach dem Grundschulabschluss. Am Ende der erfolgreichen Ausbildung zum Kutscher mit dem Start in den erlernten Beruf. Sowie mit dem Ausscheiden auf eigenen Wunsch und gleichzeitigem Verlassen der Insel. Und immer wieder wird seine Adresse genannt, die Luna am Ende ihrer Durchsicht laut vorliest.

Der alte Mann beugt sich über sie, die mit dem Finger auf Straße und Hausnummer zeigt, und wirft selbst einen Blick darauf. „Da ist heute ein Lokal drin. Sind nur ein paar Meter von hier. Gehen Sie einfach bis zum Ende der Straße. Das Lokal ist nicht zu übersehen.“

Jetzt verfügt Kepler über die gewünschten Informationen. Er bedankt sich bei dem alten Mann für seine Hilfsbereitschaft und entschuldigt sich für die Störung an dessen Ruhetag. Dann gibt er ihm die beiden Bände zurück, verabschiedet sich und verlässt mit Luna das Stammhaus der Kutscher-Innung. Deren Mitglieder scheinen schon seit Jahren wieder gut im Geschäft zu sein, nachdem alle Privat-Fahrzeuge von der Insel verbannt worden sind.

*

Der Sturm hat an Stärke zugenommen. Und doch wirkt er nicht so heftig wie an den Stränden oder im unbewohnten Inselinnern, wo – von Gebäuden wie dem Leuchtturm und der Flugplatzbebauung einmal abgesehen – nur Sand und Dünen zu finden sind. Aber gänzlich ungeschoren kommt auch der Kurort nicht davon, wie an einigen im Freien aufgestellten und teilweise durcheinander gewirbelten Sitzgelegenheiten, Warenangeboten und Werbemitteln zu erkennen ist.

Vom Sitz der Kutscher-Innung bis zur Adresse, die heute ein Lokal beherbergt, ist es nicht viel weiter als zurück in die andere Richtung bis zum Hotel. Kepler und Luna betreten das Haus und setzen sich an einen Tisch. Die Schattenmänner nehmen draußen Platz. Das Lokal ist eine Mischung aus deutscher Kneipe und englischem Pub. Der Thekenbereich mit dem dekorativen Tresen und der antiquarischen Beleuchtung beherrscht den Raum. Es sind nur wenige Tische und Stühle vorhanden. Dafür umso mehr Barhocker. An den Wänden hängen Fotos mit Inselmotiven und Blechschilder mit Werbeslogans aus vergangenen Zeiten. Das besondere Ambiente zieht offenbar nicht nur Kur- und Urlaubsgäste, sondern auch Einheimische magisch an. Denn außer einer Gruppe stimmgewaltiger Touristen, die an ihren Wanderstöcken zu erkennen sind und sich an einem anderen Tisch niedergelassen haben, befinden sich noch drei Männer mittleren Alters in dem Lokal. Sie sitzen auf Barhockern vor dem Tresen, nippen an ihrem Bier und schweigen. Und wenn sie hin und wieder den Mund aufmachen, reden sie in einer Sprache, die schon beim Kutscher und dem alten Mann zu vernehmen war und wohl zur friesischen Sprachfamilie gehört.

Der Wirt kommt.

Kepler bestellt für Luna und sich selbst einen Ostfriesentee. Wie er im Hotel gelesen hat, handelt es sich um eine Spezialität, die aus einer Mischung mehrerer Teesorten besteht und mit ‚Kluntjes‘ genanntem Kandiszucker und kalter Sahne serviert wird.

Der Wirt gibt die Bestellung auf einem Datenerfassungsgerät ein. Dann wendet er sich an Kepler. „Sie kenn ich doch irgendwoher.“ Sein Friesisch ist einigermaßen gut zu verstehen.

Kepler und Luna schauen sich an und zucken mit den Schultern.

Der Wirt bleibt einen Moment stehen und schüttelt den Kopf. Dann verschwindet er hinter dem Tresen, wo er den Tee zubereitet. Nach wenigen Minuten kehrt er mit vollen Tassen zurück und stellt sie auf den Tisch. „Den Tee nicht umrühren.“

Kepler und Luna starren ihn an.

„Das macht man bei uns so." Der Wirt wendet sich erneut an Kepler. „Jetzt fällt es mir wieder ein. Sie gehören zu den Leuten, die auf dem Mond herum werkeln."

Kepler hat gehofft, nicht erkannt zu werden. Aber im dünn besiedelten Norden scheinen sich die Leute Gesichter besser merken zu können als in den Großstädten, wo die Ablenkung offenbar zu groß ist. Schon beim Kutscher ist ihm das aufgefallen.

Der Wirt hakt nach. „Wie lebt sich's denn da oben?"

Kepler überlegt, was er antworten soll. „Wie man's nimmt. Die einen kommen zurecht, weil sie sich den Gegebenheiten anpassen. Die bleiben dann auch länger. Die andern tun sich halt schwer und scheitern an sich selbst. Die kehren schon bald wieder auf die Erde zurück. Auf jeden Fall lernt man da oben, mit der Schöpfung respektvoll umzugehen. Was man von den Menschen auf der Erde wohl eher nicht sagen kann."

Der Wirt scheint mit dieser Aussage überfordert zu sein und zuckt mit den Schultern. Statt weitere Fragen zu stellen, zeigt er auf eine Tafel mit den Tagesgerichten. „Wenn Sie was essen wollen, empfehle ich Krabben mit Pellkartoffeln und Sauerrahm. Das ist an der Nordsee besonders beliebt. Zumal die Krabben von hier sind."

Luna nickt.

Kepler zögert noch.

Luna streichelt seine Wangen. „Du probierst doch sonst alles. Du wirst sehen. Es wird dir schmecken." Sie wendet sich an den Wirt. „Zweimal die Krabben bitte."

Der Wirt entfernt sich und verschwindet in der Küche.

Luna schaut sich im Lokal um. „Hier also wurde dein Urahn geboren."

„Ja, vielleicht hier. Vielleicht auch oben. Oder sogar unterm Dach. Damals gab's hier bestimmt noch keine Kneipe. Dann wär er vielleicht hiergeblieben."

Beide lachen.

*

Den Rundgang durch die Stadt Norderney hatte der Chauffeur noch arrangiert. Vom Kurplatz aus sollte die Tour entgegen dem Uhrzeigersinn verlaufen. Angesichts des Sturms empfiehlt der Inselführer aber, die Reihenfolge der Sehenswürdigkeiten andersherum zu wählen und – so wie er – wetterfeste Kleidung anzuziehen. Am besten Windjacken mit Kapuze, die im Kurhaus ausgeliehen werden können. Kepler und seine Begleiter folgen dem Rat. Das Kurhaus, Mittelpunkt des Kurplatzes, auch als sogenanntes Conversationshaus bekannt, wurde 1800 erbaut und gehört zu den schönsten Gebäuden der Insel. Auffälligste Merkmale sind die Vorderfront mit den neun offenen Durchgängen in Form von Rundbögen und ein aus dem Dach ragender Turm. Das Kurhaus dient als kulturelles Zentrum der Insel. Im seinem Innern befinden sich: Die Tourist-Information mit Zimmervermittlung und Ausrüstungs-Verleih. Ein Souvenir-Laden. Die Bibliothek mit Lesesaal. Sowie zwei Säle für Veranstaltungen, Tagungen und Kongresse. Links vom Kurhaus fällt die Konzert-Muschel auf, in der bei schönem Wetter Kurkonzerte stattfinden.

Erste Station nach dem Kurplatz ist die Evangelische Inselkirche. Sie wurde im Stil der Backsteingotik errichtet. Im Innern dominieren die Konstruktion des Satteldachs und die rundum verlaufende Empore, die beide aus Holz gefertigt wurden. Ein von der Decke herunterhängendes Schiffsmodell – wie in vielen anderen Inselkirchen – findet man hier nicht. Dafür gehört noch ein besonders alter Friedhof zur Kirche.

Der vorgezogene Besuch der nächsten Station ist der drohenden Sturmflut geschuldet. Noch können sie von der hohen Düne und dem Café Marienhöhe aus auf das Meer hinausblicken, ohne fortgeweht zu werden. Aber unten am Weststrand sind die Strandkörbe längst verschwunden und mit ihnen die Urlauber, die vor den Drohgebärden des Meeres die Flucht ergriffen haben. Die Riesenwellen zwängen sich mit Gewalt zwischen den Buhnen hindurch, um dann unaufhaltsam gegen die Deckwerke zu schlagen. So, als wollten sie diese zur Aufgabe zwingen. Dabei erzeugen sie einen ohrenbetäubenden Lärm, der selbst das Geschrei der wild umherflatternden Möwen übertönt. Das auf der Höhe thronende Café hat seine Pforten längst geschlossen. In Erwartung des Unheils hat man es verbarrikadiert, so dass von dem markanten Kupferdach, der umlaufenden Veranda und den französischen Fenstern nichts mehr zu sehen ist. Allmählich wird es auch für sie Zeit, sich aus der Gefahrenzone zu begeben.

Dritte Station ist das Kaiser-Wilhelm-Denkmal. Geschützt durch das urbane Umfeld, kann der mehr und mehr tobende Sturm dem Denkmal nicht allzu viel anhaben. Fünfundsiebzig deutsche Städte und Provinzen sowie wohlhabende Privatleute hatten signierte Steine gestiftet, aus denen dieser Obelisk zu Ehren von Kaiser Wilhelm I. geschaffen wurde. Den frei gewordenen Platz der einstigen Kaiserbüste nimmt heute die Skulptur einer Möwe ein.

Von hier aus geht es weiter zur Katholischen Inselkirche St. Ludgerus. Sie wurde als neogotische Saalkirche erbaut. Wie der Name schon sagt, besteht das Innere der Kirche aus einem einzigen Saal, in dem Stühle und Bänke für die Gottesdienstbesucher um einen großen Tisch herum angeordnet sind. Vor Kopf befindet sich der Predigtstuhl. Auch hier existiert kein Schiffsmodell.

Als nächstes erreichen sie den Wasserturm. Seit den dreißiger Jahren versorgt der zweiundvierzig Meter hohe viereckige Turm die Häuser und Hotels des Kurorts mit fließendem Wasser. Begrenzte Wasserentnahmen wie in den Großstädten sind hier Fehlanzeige. Der Turm, der nachts grün angestrahlt wird, ist von fast überall in der Stadt zu sehen.

Interessant ist die Marienstraße. Sie zählt zu den lebendigsten Vierteln. Geschäfte, Restaurants und Ferienwohnungen säumen die Straße. Besonders sehenswert sind die weiß verputzten Kurhäuser, deren Gebäudefassaden von mehreren Stilrichtungen geprägt sind. Neben der wilhelminischen Ära bestimmen Bäderstil, Jugendstil, Klassizismus und Biedermeier das Straßenbild. Ein Teil davon steht unter Denkmalschutz.

Vorletzte Station ist die Windmühle. Es handelt sich um eine Turmwindmühle, bei der lediglich die Dachkappe bewegt wird. Heute ist in der Mühle ein Restaurant untergebracht. Das Bauwerk ist die einzige Windmühle, die jemals auf einer ostfriesischen Insel gebaut wurde.

Die letzte Station vor der Rückkehr zum Kurplatz bildet das Haus Schifffahrt. Das Ende des 19. Jahrhunderts durch die königlich preußische Bahndirektion errichtete Gebäude gilt als Deutschlands einziger Bahnhof ohne Schienen und diente ehemals als Gepäckabfertigungshalle. Mit seinen drei offenen Rundbögen ähnelt es einer italienischen Loggia.

Am Kurplatz endet der Rundgang. Das für diesen Nachmittag angesagte Kurkonzert findet wegen der zu erwartenden Sturmflut natürlich nicht statt. Immerhin können sie von Glück reden, dass erst jetzt heftiger Regen einsetzt, der im Duett mit dem stärker werdenden Sturm ihre Gesichtshaut gerbt und ihre Kleidung wässert. Auf dem Weg zum Hotel müssen sie sich immer wieder in irgendwelchen Hauseingängen unterstellen. Sobald sie es wagen, ein paar Schritte weiterzugehen, stellt sich ihnen der Sturm wie ein Prellbock entgegen. Und jedes Mal können sie nur gemeinsam und mit viel Kraftaufwand dieses Bollwerk überwinden, bis der nächste Angriff der Naturgewalt erfolgt. Nach der für dieses Teilstück dreifach benötigten Zeit erreichen sie – völlig durchnässt – endlich ihr Hotel.

*

Nach einem anstrengenden Tag sind Kepler und Luna froh, den Rest des Tages im Hotel verbringen zu können. Die warme Dusche war das willkommene Gegenstück zur kalten Inseltaufe. Und auch der Besuch in der angenehmen Atmosphäre des Hotelrestaurants tat ihnen gut. Unter den

bei Nordlichtern beliebten Spezialitäten standen neben
Fischgerichten mehrere Fleischgerichte zur Auswahl: Ost-
friesisches Grünkohlgericht mit Pinkel, Mettwurst, durch-
wachsenem Speck und Kartoffeln. ,Rullfleesk‘ genannte
Rouladen mit Kartoffeln und Soße. Bohnensuppe mit
Speck und Mettwurst. Sowie ,Snirtjebraten‘ mit Kartoffeln
und Rotkraut. Entschieden haben sie sich für Letzteren,
wobei es sich bei dem Braten um große Schweinefleisch-
stücke vom Nacken oder der Schulter handelt. Getrunken
haben sie dazu Bier. Auch die gängigen Spirituosen haben
sie sich zu ihrer Abschiedsfeier gegönnt: Einen ,Kruiden‘
genannten Kräuterbitter gleich nach dem Essen. Später
dann den einen oder anderen Friesengeist, bei dem es sich
um eine Art Nationalgetränk handelt.

Jetzt hocken sie leicht beschwipst am Fenster der oberen Etage ihres Maisonette-Zimmers und schauen nach
draußen in die bedrohlich wirkende Dunkelheit. Sehen zu,
wie der Regen auf Fahrbahn und Bürgersteig der am Hotel
vorbeiführenden Straße prasselt. Bewundern den grün
angestrahlten Wasserturm, der wie ein Fels in der Brandung
steht und dem mittlerweile zum Orkan angewachsenen
Sturm die Stirn bietet. Verfolgen am Himmel den Zug der
Wolken, die in beängstigendem Tempo vorüberziehen und
nur gelegentlich eine Lücke zeigen, in der die Sichel des
abnehmenden Mondes sichtbar wird. Und spüren angesichts der herrschenden Naturgewalt doch mehr Angst als
ihnen lieb ist. Wird es eine Katastrophe geben? Oder
kommen sie noch einmal mit einem blauen Auge davon?
Kepler blickt immer dann, wenn die Wolken aufreißen und
die Mondsichel zum Vorschein kommt, auf den Erdtraban-

ten, der seine Heimat ist und auf dem er schon in den nächsten Tagen wieder seiner Arbeit nachgehen wird. Luna will weder den Mond sehen, der sie ihrer großen Liebe beraubt, noch will sie Zeuge dieser Naturgewalt sein. Sie entledigt sich ihrer Kleidung und legt sich nackt aufs französische Bett. Es dauert eine Weile, bis auch Kepler von der Aufführung des Naturdramas auf der zur Bühne umfunktionierten Insel genug hat. Dann zieht auch er seine Sachen aus und schlüpft ins Bett. Streicheleinheiten gehen in intime Berührungen über. Der Geschlechtsakt endet im Orgasmus. Nur der bevorstehende Abschied dämpft die Stimmung, während die draußen lauernde Gefahr einfach verdrängt wird. Übermüdet vom kräftezehrenden Tag schlafen sie schließlich ein.

Letzter Tag

Es war eine unruhige Nacht. Der Orkan tobte noch bis in die Morgenstunden. Manchmal, wenn er sich zwischen den Häuserzeilen verfangen hatte, glaubte man, das entfernte Heulen von Wölfen zu hören. Hier und da hatten sich ein paar Dachziegel gelöst. Im Kurpark mussten sogar einige Bäume dran glauben. Auch geschüttet hatte es derart kräftig, dass in manchen Häusern der Stadt die Keller vollgelaufen waren und die Feuerwehr ausrücken musste, um sie leer zu pumpen. Insgesamt hielten sich die Schäden aber in Grenzen. Selbst die Strände waren glimpflich davongekommen, konnten dank der Buhnen, Deckwerke und Deiche den Riesenwellen Paroli bieten. Und das, obwohl der Meeresspiegel inzwischen gestiegen war, während sich an den Küstenschutzanlagen nur wenig getan hatte. Außer angeschwemmten Massen von Plastikmüll und sonstigem aus dem Meer stammenden Unrat gab es keine nennenswerten Verwüstungen.

Am Vormittag beruhigt sich die Lage ein wenig, so dass der ruhende Fährverkehr gegen Mittag wieder aufgenommen werden kann. Kepler und Luna sind froh, dass sie die schwächer als erwartet ausgefallene Sturmflut heil überstanden haben. Und dass sie ohne allzu großen Zeitverlust die Insel wieder verlassen können, um noch rechtzeitig ihr Flugzeug von Bremen nach München zu erreichen. Weil die Fähre erst in drei Stunden abfährt, bleibt ihnen sogar noch genügend Zeit für die am Vortag ausgefallenen Museumsbesuche. Ehe sie überlegen können, wie sie zu den

Museen hin und ins Hotel zum Auschecken wieder zurück kommen, erscheint der Kutscher und bietet ihnen seine Dienste an.

Kepler, Luna und die Schattenmänner packen ihre Koffer und übergeben sie dem Kutscher, der sie auf seiner Wagonette verstaut. Dann checken sie im Hotel aus, steigen auf den Wagen, nehmen auf den Bänken Platz und lassen sich zunächst zum Fischerhaus-Museum kutschieren.

„Da hatten wir ja noch mal Glück. Es hätte schlimmer kommen können." Der Kutscher treibt seine Pferde an, etwas schneller zu traben. „Ich denk noch mit Schrecken an die letzte Sturmflut. Da hat's ganze Strandabschnitte weggerissen. Auch im Ort gab's große Schäden: Über hundert abgedeckte Dächer. Dutzende umgestürzte Bäume. Fast siebzig vollgelaufene Keller. Die Angst war damals groß. Die Angst, dass wir irgendwann absaufen."

Kepler und Luna ist die schneller werdende Fahrt nicht geheuer. Sie halten sich an der Bank fest. Die Schattenmänner stört das weniger.

Der Kutscher zügelt die Pferde, um das Tempo ein wenig zu drosseln. „Einen Vorteil hatte das Ganze damals. Die Insel wurde endlich für autofrei erklärt, was für uns Kutscher ein Segen war. Dem Tourismus hat das nicht geschadet. Die Bewegungsmuffel mit Gasfuß blieben zwar weg. Aber denen weint keiner mehr eine Träne nach. Jetzt zieht's die Naturliebhaber auf die Insel."

„Wann war denn die letzte Sturmflut?" Kepler wirkt angespannt.

„Vor gut zwanzig Jahren."

„Also mir hat der Sturm gereicht."

„O.K., die letzte Nacht war auch nicht gerade angenehm. Ich hab's bei den Pferden gespürt. Die waren unruhiger als sonst. Aber ..."

Luna fährt dazwischen. „Kein Wunder, dass die Pferde unruhig wurden. Ich hab auch kaum ein Auge zugemacht."

In diesem Moment hält das Gespann vor dem Fischerhaus-Museum. „So, da wären wir." Der Kutscher steigt vom Bock und hilft Luna und Kepler vom Wagen. „Ich warte hier auf Sie. Lassen Sie sich ruhig Zeit."

Die beiden sind erst mal froh, wieder festen Boden unter den Füßen zu haben. Die Schattenmänner bleiben auf dem Wagen sitzen. Kepler und Luna betreten das Museum. Im ersten Teil der Sammlungen erfahren sie einiges über die Geschichte des ältesten deutschen Nordseebades. Diese reicht von den ersten, noch nach Geschlechtern getrennten Badegästen über die motorisierten Touristenmassen bis zu den sportlich aktiven Naturliebhabern von heute. Sie lernen die karge Lebensweise der ersten Inselbewohner und das Alltagsleben späterer Generationen kennen. Sie erhalten Einblicke in Sitten und Gebräuche sowie in die Wohn- und Arbeitswelt auf der Insel. Und sie werden an die Seefahrertradition und den Fischfang erinnert. Der zweite Teil ist dem Küstenschutz gewidmet. Hier wird unter anderem demonstriert, wie seit Mitte des 19. Jahrhunderts der Sandnachschub im Westen der Insel ausblieb, was die Errichtung massiver Küstenschutzanlagen notwendig machte. Hierzu zählten Deckwerke und Buhnen sowie Strandaufspülungen zur Sicherung der Insel gegen Erosion und Überflutung. Heute schützen fast fünf Kilometer lange

Deckwerke und zweiunddreißig massive Buhnen die Insel vor Strömungen und Wellen. Voller Bewunderung, mit welcher Hartnäckigkeit die Insulaner seit Jahrhunderten den Naturgewalten widerstehen, verlassen sie das Museum und nehmen wieder auf dem Wagen Platz. Das Gespann setzt sich erneut in Bewegung.

Vom Fischerhaus-Museum geht die Fahrt entlang der Hafenstraße in Richtung Nationalpark-Haus ‚WattWelten‘. In dem einem Quader ähnelnden Gebäude dreht sich alles um den Nationalpark Niedersächsisches Wattenmeer, der als Biosphärenreservat besonderen Schutz genießt. Kepler und Luna werfen auch hier einen Blick in die Ausstellung, während die Schattenmänner draußen auf dem Wagen warten. Interessantester Teil ist die Seehundstation. Sie erfahren zunächst, dass schon seit Jahrzehnten in der Nähe des Wracks am Ostende der Insel Norderney Kegelrobben und Seehunde zu beobachten sind. Auch Jungtiere wurden bereits gesichtet. Inzwischen hat sich sogar eine ansehnliche Kolonie gebildet. Sie wundern sich, dass sie dort nichts entdeckt haben. Und weil immer wieder Wanderer und Radler in diesen Bereich der Insel vorstoßen, die es mit ihrer typisch deutschen Tierliebe übertreiben, werden in der Zeit zwischen Anfang September und Ende Mai des folgenden Jahres extra Schilder aufgestellt, die auf das richtige Verhalten bei der Entdeckung eines Jungtieres hinweisen: Mindestens dreihundert Meter Abstand halten. Auf keinen Fall anfassen. Und unverzüglich den Fundort verlassen. Schließlich handelt es sich um selbstständige Jungtiere, die keine Mutter mehr brauchen, sondern nur Ruhe benötigen.

Luna schüttelt den Kopf. Sie hat schon für die Hundehaltung in den meist kleinen Wohnungen in ihrem Altbau wenig Verständnis. Denn das ständige Hundegebell führt sie auf den mangelnden Auslauf zurück. Was sie aber gleich gar nicht verstehen kann, ist das Verhalten mancher Zeitgenossen, die am liebsten noch Tiere in freier Wildbahn domestizieren würden.

Mit der Besichtigung der beiden Museen endet ihr Besuch auf der Insel Norderney. Zum letzten Mal lassen sie sich auf dem Wagen nieder, um in den Hafen zu gelangen.

Der Kutscher wendet sich noch einmal Kepler zu. „Waren Sie eigentlich im Stammhaus unserer Innung?"

Kepler nickt.

„Und haben Sie gefunden, was Sie suchten?"

„Ja. Und wir waren auch an Ort und Stelle."

Der Kutscher erkundigt sich nach der Örtlichkeit.

Kepler nennt die Adresse und fügt hinzu, dass sich heute ein Lokal in dem Haus befindet.

„Da haben Sie eine gute Wahl getroffen. Der Wirt ist mein Bruder."

„Verstehe. Dann liegt die Spürnase in der Familie." Kepler lacht.

Der Kutscher stutzt zunächst. Dann hat er begriffen. „Er hat Sie also auch erkannt."

„Ja, hat er."

Jetzt lacht auch der Kutscher.

Das Gespann erreicht den Hafen mit dem markanten Hafenterminal. Vor ihnen liegen die beiden Fähranleger. Noch ist die Fähre nicht eingelaufen. Aber sie ist weit draußen in der Fahrrinne inmitten des Wattenmeers zu erkennen. Lange wird es nicht mehr dauern, bis sie im Hafen festmacht. Der in einem halbrunden Bogen angelegte Hafen verfügt außerdem noch über mehrere Anlegeplätze für Ausflugsboote, Fischkutter und Yachten, die inzwischen alle mit Sonnenenergie betrieben werden. Zwanzig Minuten später läuft die Fähre in den Hafen ein. Und wieder findet das übliche Procedere statt. Erst gehen die vom Festland zurückkehrenden Insulaner, die auf der Insel Beschäftigten, die Kurgäste und die übrigen Touristen von Bord, ehe sämtliche Elektrofahrzeuge das Deck verlassen. Erst dann können die Abreisenden das Schiff betreten. Auch Kepler, Luna und die Schattenmänner steigen jetzt vom Wagen herunter, nehmen ihr Gepäck entgegen und verabschieden sich vom Kutscher, der mit seinem Gespann noch nicht umkehrt, sondern auf neue Fahrgäste wartet.

Die Überfahrt mit der Fähre nach Norden-Norddeich und die anschließende Weiterfahrt mit der Regionalbahn bis Bremen verlaufen ähnlich wie die Hinfahrt. Nur in umgekehrter Richtung und Reihenfolge. Am Nachmittag landen sie wohlbehalten in der Stadt an der Weser, wo sie ein Elektro-Großraumtaxi zum Flughafen bringt.

*

Das Unwetter über Norddeutschland hatte nicht nur den Fähr- und Bahnverkehr, sondern auch den Flugverkehr durcheinandergewirbelt. Eigentlich wollten sie schon gegen Mittag nach München fliegen. Doch ihr Flug hatte sich bis in den späten Nachmittag hinein verschoben. Jetzt können sie endlich ihr Gepäck aufgeben und einchecken. Es folgen der Gang durch die Sicherheitsschleuse und ein kurzer Aufenthalt im Warteraum des Abflugterminals, ehe sie mit dem Flughafenbus abgeholt und zum Flieger gebracht werden. Sie steigen in die Maschine ein und nehmen auf ihren reservierten Sitzen Platz. Erst in dem Augenblick, in dem das Flugzeug abhebt, atmet Kepler erleichtert auf. Wenn alles planmäßig verläuft und nichts Unerwartetes dazwischenkommt, wird er den Start des Shuttles rechtzeitig erreichen.

Bei dem Flieger handelt es sich um einen Nurflügler, der von der Form her einem Schmetterling gleicht. Wie zum Beispiel dem Admiral, wenn dieser seine ganze Flügelspannweite entfaltet. Die Sitzplätze verteilen sich über den Innenraum der beiden Tragflächen. Durch das geringere Gewicht, die kleinere Oberfläche, die aerodynamische Form und das mit Solarenergie gekoppelte Hybridsystem verfügt die gewöhnungsbedürftige Konstruktion über einige Vorteile: Es wird weniger Treibstoff verbraucht. Die sonst lärmenden Triebwerke sind durch ihre Anbringung oberhalb der Tragflächen entsprechend leise. Und der überwiegende Einsatz von Brennstoffzellen ist äußerst umweltfreundlich.

Kepler nimmt Luna immer wieder mal in den Arm und küsst sie. Er weiß nur zu gut, dass der Abschied naht. Und dass die Frau, in die er sich unsterblich verliebt hat – was auf Gegenseitigkeit beruht – nicht die Erde verlassen und ihn auf den Mond begleiten wird. Aber noch bleibt ihm keine andere Wahl, als auf den Erdtrabanten zurückzukehren. Nicht nur wegen des Vaters, den er erst nach seinem Ableben und der Bestattung neben der Mutter zurücklassen kann. Sondern auch wegen seiner vertraglichen Verpflichtungen, denen er unbedingt nachkommen muss. Zumindest so lange, bis eine optimal funktionierende und dauerhaft leistungsfähige Infrastruktur auf der Mondbasis gewährleistet ist.

Nach einer guten Stunde setzt der Nurflügler auf der Landebahn des Münchner Flughafens auf. Kepler ist froh, dass – trotz der erheblichen Verspätung – alles gut gegangen ist. Und dass er heute Abend mit dem Shuttle abheben und später mit den anderen Raumschiffen auf den Mond zurückkehren kann. Mit Luna und den Schattenmännern steigt er aus dem Flugzeug. Erst nehmen sie ihr Gepäck in Empfang und bringen die üblichen Kontrollen hinter sich, ehe sie das Ankunftsterminal verlassen können. Draußen werden Kepler und Luna bereits vom Chauffeur erwartet. Die Schattenmänner holt ein Kollege ab.

*

Am frühen Abend sitzen sie alle in der Hundskugel beisammen und feiern den Abschied des ersten auf dem Mond geborenen Menschen: Der Vorstandsvorsitzende, Luna, der Chauffeur und die Schattenmänner. Das Lokal kann für sich beanspruchen, mit seinem Bestehen seit 1440 die älteste Gaststätte Münchens zu sein. Die jahrhundertealte Historie ist in dem kleinen Raum mit dem antiquarischen Holzmobiliar förmlich zu spüren. Beim Abschiedsessen geht es ganz und gar bayerisch zu. Es gibt gegrillte Kalbshaxe mit Natursauce und Kartoffelklöß'. Dazu wird Bier getrunken. Kepler soll sich noch einmal ordentlich

226

stärken, bevor er die lange Rückreise antritt, die er ohne derartige Schmankerl überstehen muss. Die anschließende Konversation streift noch einmal das ganze Spektrum von Keplers Erlebnissen auf dem Mond und auf der Erde. Beides ist nicht vergleichbar. Und doch haben beide Himmelskörper mit Problemen zu kämpfen. Nur mit dem Unterschied, dass der Mond erst seit gut vierzig Jahren Stück für Stück besiedelt wird und die auf der Erde gemachten Fehler von vornherein vermieden werden können. Auf der Erde hingegen, die seit Urzeiten von Menschen bewohnt wird, wurde derart viel Raubbau betrieben, dass die Aussichten für die Zukunft des Blauen Planeten eher düster sind. Ob sich das Rad der begangenen Sünden noch einmal zurückdrehen lässt, ist eher fraglich.

*

Wie schon bei Keplers Ankunft ist die gesamte Anlage des Weltraumbahnhofs für die Öffentlichkeit gesperrt. Und dennoch sind sie alle wieder erschienen. Die Vertreter von Presse, Funk und Fernsehen ebenso wie große Teile der Bevölkerung. Jeder ist mit irgendetwas ausgerüstet. Sei es eine Kamera oder ein Feldstecher oder beides. Schließlich wollen sie sich den Mann vom Mond diesmal nicht entgehen lassen.

Die im Terminal wartenden Männer der Security schweigen auch dieses Mal. Entweder sie schauen auf die große Uhr oder auf die rote Tür. Zwischendurch gehen sie unruhig auf und ab. Vermutlich warten sie voller Ungeduld auf das Ende ihrer Mission, die sich über zwei Wochen hingezogen hat.

Drinnen, hinter der roten Tür, im Umkleideraum der Raumfahrer, schlüpft Kepler in seinen Raumanzug, wobei ihm ein Mitarbeiter der Raumfahrtbehörde behilflich ist. Luna beobachtet die aufwendige Prozedur, nachdem sie sich minutenlang von ihrer großen Liebe verabschiedet hat. Sie küssten sich nicht nur unendlich viele Male. Und sie umarmten sich nicht nur ein ums andere Mal. Es flossen auch reichlich Tränen auf beiden Seiten. Und wenn die Zeit nicht gedrängt hätte, wären sie vielleicht nie voneinander losgekommen. So aber blieb ihnen keine andere Wahl, als sich schweren Herzens zu trennen.

Dann ist es wieder soweit. Die rote Tür geht auf und der Mann vom Mond betritt das Terminal. Heute mit seinem Raumanzug, in dem er kaum zu erkennen ist und mit dessen Gewicht er nur schleppend vorankommt. Die Masse draußen johlt und bombardiert ihn – durch die Glasfront hindurch – mit einem wahren Blitzlichtgewitter. Das war es dann aber auch schon. Gemeinsam mit der Security verlässt er das Terminal. Gefolgt von Luna, die ihm ein letztes Mal hinterher winkt, bevor er mit einem speziellen Zubringer zur Startrampe gebracht wird. Die Medien und die Besuchermassen ziehen sich nach und nach zurück. Auch Luna und die Schattenmänner, die in ihre bereitstehenden Fahrzeuge einsteigen, verlassen das Gelände. Nur wenige bleiben in der Nähe des Weltraumbahnhofs, um den Start des Shuttles mitzuerleben. Der wird aber erst in etwa einer Stunde erfolgen, wenn alle Sicherheitsvorkehrungen getroffen sind.